野川

長野まゆみ

河出書房新社

野川

川べりの道に、背丈《せたけ》のある夏草が、まだ緑のよそおいのまま茂っている。川床すれすれに、大小の石のあいだを流れる水も、雲のうすい空から照りつける日ざしをあびて反射がきつい。それでも、草の実は熟し、根もとあたりは白く乾いて枯れはじめるなど、よく見れば秋の気配があった。

　川にかかる小さな橋のたもとに、一級河川《かせん》の標識が立っている。野川の名がある。橋の長さは十メートルにも足りないほどで、ひくい土手をおりたところには草むした川の洲《す》がつづく。純粋な川幅は二メートルもない。浅く細く流れる川で、深いところでもおとなのふくらはぎが浸《つ》かるくらいのものだ。

　とくに流れの少ないところでは、乾ききった洲が川のなかほどまでひろがって、陸《りく》生《せい》の草が平気な顔で生い茂り、渇水《かっすい》があやぶまれる風景だったが、ふたつほどさきの橋までゆくと、こんどは急に水かさがまして、おとなのひざ上までとどきそうな流れになっている。そういうところでは、ジャノヒゲの深緑の葉にふちどられた小さな支流があり、そこから川へむかって盛んにあたらしい水がそそがれるのだ。

支流をさかのぼれば、ほどなく崖地《がけち》にたどりつく。そこでは蟬の鳴く屋敷森が小暗《おぐら》いかげをつくった。緑だけが滴《したた》る夏とはちがい、はやまって熟したクヌギの実が落ちてくる。地面には、まだあたらしい殻斗《かくと》がちらばって、踏みしだかれている。崖に近づけばほかよりいくらか涼しく、葉むらのかげがおよぶ範囲では、土もしっとりとして、草の匂いにみちた湿気がまとわりつく。

朝の七時にはもうまぶしく照りつける日ざしをさけて、鳥たちは濃い緑のなかで憩《いこ》っている。群ごとに騒ぎ、羽音をたてるが、その姿はなかなか見つからない。光と影の斑《まだら》もようにうまく姿をかくした。

緑の木かげから湧きだした水は、小さな流れとなって川へそそがれる。滝のように流れて川をあふれさせていた昔の豊かな水こそないが、ここはまだ武蔵野の緑と水の供給地なのだ。

学校は、その崖地の中腹にいだかれている。崖下のせまい道路に面して門があり、はじめのうちは崖にそってゆるやかにのぼる。ひと足ごとに、ひざとかかとが重くなる。坂道の傾斜がきつくなるせいだ。やがて、急な切り通しがあらわれて両側に石垣が立ちあがり、S字をえがくように進んださきに校舎の玄関が見えてくる。旧家の庭園のような門にしては、校舎はごくあたらしい。

崖の上の台地に住んで、坂上の門から登校する生徒もいたが、ほとんどは坂の下から通ってくる。崖の南へほんの六、七十メートルはなれたところを野川が流れている。崖地の随所《ずいしょ》に湧き水がしみだす口があり、かつては川ぞいの一帯に湿地がひろがっていたが、いまは崖と野川のあいだも、桑畑と竹やぶしかなかった川の南側も、すっかり住宅地となっている。

学校の校舎の窓からは、川べりの遊歩道に植えられたハナミズキのこずえがわずかに見えるものの、川面は家並《やなみ》にかくれてどこにあるのかわからなかった。

この崖というのは、東京の中西部から東部へむかってだんだんにひくくなりながらつづく台地の縁《へり》だった。都心から電車で三十分ほどのK市のあたりでは、その断面がはっきりと姿をあらわして市の全域を横断している。

海岸線でもないのに壁のように立ちあがった崖の表層は、緑林になっているか、住宅でうずまっているかで、地肌はほとんどあらわれていない。学校の切り通しは数少ない例外だった。崖地は、すとん、と落ちこむかたちで低地にいたっている。そのため、坂はどこにあっても険《けわ》しく、歩く人のためには大まがりにするか、S字にくねらせるか、あるいはとちゅうに階段をつくらなければならない。

崖地を二段に造成したところへ、階段状の校舎が建っている。正面からは三階建てに、側面では地上二階地下一階に見え、真上からながめれば屏風《びょうぶ》のように折れまがった構造だった。地階は地面にもぐっているわけではなく、玄関よりも一段ひくい面にあるだけのことだ。校庭は台地のうえにあった。

生徒たちがのぼりおりする切り通しは、学校の歴史よりも古い。コナラやクヌギの林も昔からそこにある。よく伸びた枝や茂った葉は、ここちのよい木かげであると同時に、校舎の窓からの眺望《ちょうぼう》をだいぶ悪くしている。

九月のいま、ケヤキはまだ青々として、コナラはすこし色のぬけてきたところがあるもののやはり青く、常緑のクスノキは深々と濃く茂っている。

「きょうはきみたちが毎日歩いている地面の話をしようか。」

国語の教師は、教卓に軽く手をおいて、生徒たちの顔をひとわたりながめた。

「この学校は武蔵野台地とよばれる河岸段丘《かがんだんきゅう》の南斜面に建っている。段丘というのは、たいてい一段で終わることはなく、ひろい地域のなかに何段か、かたちをとどめているものだ。武蔵野台地の面は、おおざっぱに云えば上から三段目で、東京湾にむかって傾斜しながら上野の山で終わる。そこが東の端《はし》だ。上野駅のプラットフォームは低地に、改札口は山の上と下にそれぞれある。神田川は武蔵野台地の谷を流れている川だ。川の水は高所から、低所へ流れる。だから、神田川を上流へさかのぼると、流域はだんだんに標高が高くなる。水源地は、みんながよく知っている井《い》の頭《かしら》公園のなかの池だ。ここは、われわれの感覚だと、御殿山《ごてんやま》をくだったひくい土地だが、それでも都心部の台地より、まだ二十メートルほど高い。そのぐらい、都心部は全体にひくいんだ。上野にいたっては、山の上でも標高は二十メートルほどしかない。つまり、東京湾の平均の海面をゼロとした場合のね。地球の温暖化で水没するおそれがあるのは、キリバスだけじゃないんだ。さて、このへんでもういちど地元の話にもどろうか。雨のたびにぬかるんで、きみたちの足もとを泥だらけにするこの土は、富士山の火山灰でできている。といっても、いまの富士山ではなく、氷河期の末期に古富士《こふじ》火山と小御岳《こみたけ》火山とよばれたふたつの火山が六万年ほどのあいだに噴火をくりかえしたときの噴出物だ。やがて、ふたつの火山はともどもに噴出物でおおわれて、いまの富士山になる。それが氷河期の終わりで、おおよそ一万年くらいまえの話だ。地質時代のくわしい勉強は地理の時間にでもしてもらうとして、このやっかいなぬかるみが、火山灰のしわざなのは理解してもらえたと思う。関東ローム層という名前があるとおり、この地域に特有の土だ。冬になると、霜《しも》ばしらが五センチも六センチも立ちあがるのは、東京が意外に寒冷だというせいもあるが、それ以上にこの関東ローム層のせいなんだよ。水を吸いやすく、雨がふればぬかるんで始末が悪い。鉄分のまじった土は泥ハネすると落ちにくい。夏になって地面が乾燥すれば、土ぼこりを舞いあげる。関西の人たちには、なじみのない土なんだ。きみたちも知っているとおり、三百年ほどまえに大噴火した富士も、その後は表面的な活動をしていない。この地面が火山灰でできていることも忘れがちだ。市街地の地表はアスファルトにおおわれて、土を見ることもまれになった。せめて、学校のなかくらいは地面をむきだしにしておこうというので、門から校舎までの坂道は舗装《ほそう》をせず、昔の切り通しの姿をとどめている。泥がズボンや靴下《くつした》にはねかかるのはやっかいだが、泥との正しいつきあいかたを学んでおいて損はないよ。雨はこの土にしみこんで濾過《ろか》され、長い月日のはてに、にごりのない水となって地面から湧きだしてくるんだ。たっぷり水気をふくんだ粘土質《ねんど》の土壌《どじょう》は、一年をとおして湿潤《しつじゅん》で、登下校のさいにきみたちが踏みつけて固めても、ひとたび雨がふればやわらかな土にもどる。そこでは春も夏も秋も、なにかしらの実生《みしょう》が芽ぶく。踏みつけられ、じゃまにされ、ときには生徒たちの気まぐれで引きぬかれる。それでも、したたかに生きのびて、コナラやクヌギのそれぞれの固有の名前があきらかになるころには、もう素手で引きぬくことなどできない。もはや確実に、緑陰《りょくいん》をなす大木の後継者なんだ。……この比喩《ひゆ》がわかるか？　私はきみたちの話をしているんだよ。」

Ⅰ　家庭の事情

　都心の学校から転校したばかりの音和《おとわ》は、むきだしの土にまるでなじみがなかった。はじめて切り通しを歩いたときは、地中に身をかくした蛇を踏みつけたのかと怪しみ、つづいてスニーカーの底が変形したのだと思いこんだ。そもそも、舗装をしていない道を日常的に通ることなど、この学校へ転校するまでの彼の生活には、ありえない要素だったのだ。

　中学二年の二学期というはんぱな季節の転校だ。しかも、一学期の終業式を終えた時点では、予想もしていなかった。夏休みにはいったあとで、音和の家庭環境はあわただしく変化した。

　夏休み中に転校手つづきをしたため、彼はほとんどの級友とことばも交わさずに別れてきた。一方で、口にしにくい家庭の事情を説明せずにすんだのは、さいわいというべきだった。急な別れのつらさも、重大ではなかった。

学校生活に問題があったわけではない。仲間もいた。部活動に打ちこみ、クラス対抗の競技会では同級生らと一致団結して勝利をめざした。ありふれた日々だった。ただ、両親の不和や父の事業の頓挫《とんざ》など、十四歳の彼にはどうにもならないできごとが重なり、相対的に学校での日々は、どうでもよいほど小さくなってしまったのだ。

両親の不仲をとっくに承知していた音和にとっても、離婚という事実にはおどろかされたし、結果としての引っ越しや、原因はべつだが同時に発生した父の失業など、夏休みは波乱の連続だった。荒れ狂う波がつぎつぎにおし寄せ、そのたびに彼の身のまわりのものも消え去った。

嵐がおさまったとき、彼をとりまく世界は一変していた。波にのまれ、身一つで漂流している。そんな印象だった。失ったものは山ほどあったが、もはや具体的なかたちは思い浮かばない。それらは彼が望んで手にしたものではなかったし、彼の純粋な財産でもなかった。

彼は最近になって、手もとにのこったわずかな荷物のなかに、前の学校の図書室で借りたままの本があるのを見つけた。だが、それを送り返さなかった。あわただしい旅立ちのまえに、かろうじて別れのことばを交わすことのできた何人かの友だちにも、あたらしい住所は知らせていない。船が難破《なんぱ》したのだから、やむを得ないと判断されるのを期待した。

どうせ、母親同士のうわさ話のたぐいで耳にはいるだろう、との思いが音和にはあった。同級生の家庭の不和ほど、ひろまりやすい話もない。しかも、父親が事業に失敗し、職も家も失うという不運が重なっていれば、なおさら人の口は活気づく。

身近でありつつも無責任でいられる知りあいの不幸ほど、人を興奮させるものはない。音和はすでに、そういう世間の心理を認識できる年齢だった。それゆえに、引っ越しさきの古ぼけたアパートの写真を同級生のだれかに送りつけたいという衝動をおぼえたのだが、かろうじて思いとどまった。

そのとき音和は、自分とひとしく父もまた、経済的な必要以上にみすぼらしいアパートをわざと選んだのではないかと思いあたり、いくらかの共感をおぼえた。それはまた、積極的に同居をきめたのではない父への、わずかな連帯の意識ともなった。日ごろ心を通わせているとは云いがたいのに、のがれられないつながりがある。意識や肉体は切り離せても、血縁だけはどうにもならないのだ。

親にたいしても、そんなふうにひねくれた一面を多分に持っていた音和は、転校先であたらしい友だちができるかどうかなど悩みはしなかった。調査書を読んで〈不運にみまわれた生徒〉のあつかいに頭を悩ませるだろう教師にも、期待をかけていなかった。

ただ、転校のおかげで、宿題をまるごとすっぽかしても云いわけのたつ状態をさいわいと思った。この夏の音和の心境では、教科書など一度もひらく気になれなかったのだ。

そんなところへ、あたらしく担任となる人物が「もうけたな」と口にしたときは、彼にはめずらしく、その教師へのちょっとした好意をいだいた。変わり者の片鱗《へんりん》を感じたからだ。服装にも、ややかたよった趣味が見うけられた。奇抜《きばつ》なわけではないが、その人物以外のだれもそんな服装をしないだろうと思えるものだった。

家庭の事情については事実を確認するにとどめ、音和が聞きたくないと思っていた形式的な同情やはげましは口にしない。それも彼には、ありがたかった。夏休み中、父につきそわれて学校を訪ね、転入のあいさつをした、そのおりのことだった。

河井《かわい》と名乗った教師は、国語の担当である。もうけたな、と笑いながら云ったあとで、だが、というのも忘れなかった。休みあけの授業でひとりずつ全員に「夏休みの思い出」を語ってもらうから、そのつもりでいろ、とつけたした。

家庭のごたごたで明け暮れした夏を送った音和にとって、思い出とよべるものなどなかったが、クラス全員がおなじ条件という点でフェアなのだ。以前の学校の成績も家庭の事情も関係ない。別れぎわ、河井は音和にだけ聞こえるぐらいの声で、こう云った。「意識を変えろ。ルールが変わったんだ。」

ごく軽い口ぶりだったが、音和の耳にそれは重くひびいた。あたらしい生活が彼を待ちうけている。

2　登校

自家用車を手ばなして以来、音和の父は七キロほどはなれた職場まで自転車で通勤している。それ自体にめずらしさはないが、ぜいたく品を身につけていたころのままに、デザイン性の高いスーツを着て自転車に乗る父の姿は、どこか滑稽《こっけい》だった。まだ着られる服や、はける靴を捨てることはないが、もはや生活の実態とかけはなれすぎている。

音和もまた、自分を滑稽だと思っていた。アパートでの暮らしが以前とはあまりにもちがいすぎて実感がわかない。ドラマか映画の撮影所にまぎれこんだ気分だった。彼はまだ、生活の落差が身にしみていなかったのだ。なにかのアトラクションを体験しているようなものだった。

父の出勤にあわせて登校する音和は、すこし早めの時間に通学路を歩く。アパートをでて二百メートルほどゆくと野川があり、橋をわたればすぐに崖が見えてくる。その崖下の道をしばらく進んださきに、学校の門がある。十分ほどの通学路だった。

時間の余裕があったので、音和は野川の川べりへひきかえし、寄り道をした。川は地面より一・五メートルほどひくいところを流れている。その両岸の草むした羽口《はぐち》の上は遊歩道になっていた。子どもが羽口をころげ落ちないように、遊歩道のきわにはフェンスがめぐらされ、川面《かわも》へ近づくには専用の階段をおりてゆく。そうした隔《へだ》ては音和のような年齢の少年には不自由だったが、これまでなじんでいた都心の川にくらべれば申し分なかった。

十メートルほどの川幅のうち、水が流れているのはせいぜい二メートルで、せまいところでは一メートルにもみたない。だから、川の洲もすっかり乾き、ちょっとした小径《こみち》になっていた。

標識には一級河川野川と書いてある。利根川《とねがわ》や隅田川《すみだがわ》のような大きな川が、一級河川の対象になるのだと思っていた音和にとってはおどろきだった。ほとんど小川といってもよい川なのだ。

流れが細いので、あちこちに中洲がある。その日だまりに小さな鳥があつまって、口々にさえずっている。聞く耳を持たず、自分の意見だけを云い募《つの》る小さな子のように騒がしい。鳥たちの鳴き声は、車の騒音や人声よりも耳につく。どこからか雄鶏《おんどり》の鳴く声さえ聞こえてきた。それをしのぐのは、雨戸をあける音ぐらいのものだ。

新宿から電車で三十分ほど移動しただけの立地にもかかわらず、朝の町はおおむね静かで、深夜から早朝にかぎれば車の騒音などほとんど聞こえない。音和は都心でも文教地区とよばれるような、大学と文学史跡がいくつもあり、ほどよく緑地がのこされた町で暮らしていたのだが、それでも電線にさえぎられない空を見あげることは、不可能だった。ここにはそれがあるのだ。

橋に通じる主要な道路はアスファルトで舗装されているが、川べりの家々のあいだの路地には、土のままの道をのこしているところもある。片側が住宅で路地をはさんで栗林があるような場合は、たいてい舗装していなかった。

音和はそんな道のひとつにはいりこんだ。民家の庭さきのようでもあるが、土の表面に自転車のわだちがいく筋もきざまれ、進入を禁じる告知もないので、通りぬけるぶんには問題がなさそうだった。すこしずつ上り坂になっている。やがて学校のまえの舗装された細道にでた。門はすでにひらいている。そこをくぐったさきは、また土の道だった。

斜面からしみだしてくる水で、あたりの湿度が急にたかまる。道はいくらかぬかるんでやわらかい。

「踏んだぞ、」

背なかごしの軽快な声で、音和はその場に立ちどまった。門につづくなだらかな坂道から、切り通しへさしかかったところだった。彼のかたわらを、ひとりの少年が追いこしてゆく。すでに声を発した気配はなかった。ふりむきもしない。だから音和は、その少年が声をかけてきたのかどうかの確信を持てなかった。

道ばたで踏むものといえば、しかも、注意をあたえた人物が主格をはっきりと云わなかったのは、踏んではまずいものを踏んだからにきまっている。学校の敷地内にそれがあるとは存外だが、この環境では否定できない。音和は靴底を見たものの、もとより土がぬかるんだ道であるうえに、木かげの暗がりだったのではっきりしない。

だが、スニーカーの底にずっしりとした重みがあるのも事実だった。そのうえ、ためしに地面を踏みこんでみたところ、靴底の反転として浮きでるはずのもようを、みとめることができなかった。ほんとうなら、甲虫《こうちゅう》をモチーフにしたかのような、連続もようが転写されるはずだった。ハイソールの溝《みぞ》は、泥、または類似のなにかで埋まっているのだ。

切り通しをS字によじのぼったところに、校舎の玄関があらわれる。モダンなコンクリートの構造物だ。そこは一階の東はじにあたり、玄関口のガラスのドアに木々の緑が映りこんで、森のなかへはいりこむようだった。地下一階地上二階建ての校舎なのだが、斜面を利用しているので地下一階の教室も地面にもぐっているわけではなく、窓がある。

玄関さきの泥よけマットにのり、音和は念をいれてスニーカーの底をこすりつけた。だが、泥はほとんど落ちなかった。靴底の溝に充填《じゅうてん》されたままなのだ。それが泥以外のものかどうか、音和はかかとを返してみる気になれなかった。

「乾くまで、ほうっておけ。」

ふたたび声がかかった。こんどは音和も声の主《ぬし》を特定した。すぐそばに、たたずんでいる。先ほど彼を追いこしていった生徒にちがいなかった。

「泥もババも湿っているうちは、どうにもならないよ。」

「ババ?」

「猫ババ。犬かもしれないけどな。」

少年はまじめぶった顔つきだったが、声の調子には人なつこさがある。

「熊じゃなくてよかった。丸腰なのに。」

音和はババがなにかは知っていた。糞《ふん》のことだ。軽口をひきとって軽口で返したが、無表情のまま、抑揚《よくよう》をつけずに云った。見知らぬ相手を、少なからず警戒してのことだ。相手の少年は笑《え》みになった。たがいに名前を知りもしないこの状況でも、親しさを出し惜しみしない。

「なかなか云うな。気にいったよ、その反応。転校生だろう?　新聞部にはいらないか?」

いきなりの勧誘である。制服がちがうので、音和が転校生なのは一目瞭然《りょうぜん》だった。たいする生徒の胸もとの組章は「Ⅲ－1」となっている。三年一組のことだ。二年の音和より一級先輩になる。逆らえば、なにか云いがかりをつけられるのかと危ぶみつつも、音和は誘いにのる気はなかった。

「サッカー部にはいるつもりです。」

「やめておけ。ここの顧問は試合で指示にしたがわないプレーをすると、反省会でグラウンドに正座させるぞ。」

「前の学校では、コーチのサインを見落とすと前髪を切られました。ひとつにつき、一センチ。」

音和は前髪にハサミをいれるしぐさをしてみせた。

「ほんとうか？　人権侵害だよ、それは。」

「踏んでもいないのに、踏んだと思わせるのは、人権侵害じゃないんですか？」

また笑い声がかえった。音和の予想を裏切る反応だった。素直とは云いがたい音和の態度を、すこしも気にかけない。

「おれが云いたかったのは、リッチなハイソールのスニーカーを学校にはいてくるなってこと。因縁《いんねん》をつけてるんじゃない。親切で云ったんだよ。ここは粘土質《ねんどしつ》の関東ローム層がむきだしになった道なんだ。雨あがりは、もっと始末が悪い。保水力はあるけど、蒸発するのに時間を食うから、長いあいだぬかるみになるんだ。あしたから、底のうすい安もののスニーカーにしろ。こういうのだよ。」

少年は自分の足もとを示した。単純に溝が横列するだけのたいらな底だった。音和のハイソールはぜいたく品というよりは、なにごとにも機能とデザインを重視した両親のもとで暮らした日々の残留物にすぎない。逆に云えば、それしかないのだ。

もはや、たとえ安ものでも、あたらしく買ってほしいとは云いだせない。父は事業の後始末で、預金をつかいはたしているのだ。失業は一時的だったが、伯父に雇われているいまは、以前よりずっと賃金が安い。高級スーツの一着分にすら、足りない額だった。だからなおさら、それを着て通勤する父が陳腐《ちんぷ》に思えるのだ。

音和が高機能のハイソールスニーカーをはくのには、身長をいくぶん高く見せる意《い》図《と》もあった。相手の少年は三年生だけあって、あげ底の音和より優に七、八センチは背が高い。とはいえ、身長の差でひるむほど、音和は気の小さいほうではなかった。

「新聞部というのは新聞を発行するんですか？　それとも、新聞の研究をするんですか？」

音和は、後者だろうと予想しながらたずねた。

「鳩を飼うんだ。気がむいたら、昼休みにテラスへでてみろ。鳩小屋があるよ。」

どこかで、吉岡《よしおか》、と呼ぶ声がして、その生徒はそちらへいってしまった。音和は、新聞と鳩がどう関係するのかわからず、一時だけ頭を悩ませたが、足もとの問題のほうが重大だった。うわばきにはきかえるさい、わざと息をとめていた。だから、なにもにおわなかった。スニーカーを重くした原因追求を先にのばし、彼は教室へ向かった。

3 日食

二学期の国語の授業は、河井があらかじめ予告したとおり、生徒たちが語る「夏休みの思い出」ではじまり、きょうはその二回目だった。テーマをあたえられていたのかと思うほど、多くの生徒がこの夏の注目すべき天体ショーを話題にした。国内で四十六年ぶりに皆既《かいき》日食《にっしょく》を観測できるはずだった。

いすわった雲のおかげで、期待はずれに終わった。雲を透かしてうす日を見ることはあっても、太陽はその姿をはっきりとはあらわさなかったのだ。天候の気まぐれに泣かされた生徒たちは、それぞれがおなじようなことばで、恨めしさや口惜《くちお》しさを語った。

似かよった発表がつづいたあとで、河井はひとつづりの印刷物を配った。かつての部分日食のさい、理科部の生徒たちが記した観察日記の写しだった。そこには、三日月のかたちの木もれびが、数かぎりなく学校の坂道にちらばったことが書かれていた。

葉と葉のかさなりあいによってできた穴を通過する光は、ピンホールカメラとおなじ現象によってまるく像をむすぶ。それが通常の木もれびだ。太陽が欠けると、その投影も欠ける。地面に映る影と光は、葉むらのシルエットであり、食をうける太陽の姿なのだ。

　生徒たちから、ためいきがもれた。三日月のかたちの木もれびを、まのあたりにした幸運な先輩たちへの羨望《せんぼう》というよりは、望んでも手にはいらないものについて聞いたり読んだりする、かすかな腹立たしさであったかもしれない。

「国内で、つぎの皆既日食が観測できるのは二十六年後だ。それがだめなら、四十四年後もある。」

　河井はあっさりと云う。十四歳の生徒にとって、二十六年後は途方もなく先のことだ。まして四十四年後のことなど、なにも考えられない。彼らは一生に一度きりかもしれない機会をのがした思いでざわめいた。

　不満をのべる生徒たちに、ありきたりの白ではなく黒の、しかもまだ暑い季節なのに長そでで、すそも長い仕事着を身にまとった河井が、どうして自分の目で見ることをそれほど重視するのかと問う。

「先輩たちが、切り通しの道で、三日月がたの木もれびを見た。その記録を読むきみたちも、たったいま、それを見たじゃないか。ちがうか？」

この教師は、みじかめに刈《か》った髪を立てていることでも異風《いふう》であったが、アイスグリーンのレンズのふちなしのめがねをかけている点でも、ふつうの授業はしないのだということが、見てとれた。

「どこが不足なんだ？　自分の目で見たものでなければ、自分のものにならないと、本気で思うのか？」

現実かどうかが重要なんです、と生徒のひとりが云い、ほかの者たちもうなずいた。まったく、きみたちは重量級の石あたまだな。若いくせに、と河井は黒い仕事着のそでを左右とも、すこしつまみあげた。それが話をはじめるまえのクセだった。

「私は少年の日の夏、きみたちが日食の観測会に参加したのとおなじように、期待にみちて、野川にホタルを復活させようというグループのイベントに参加した。いまの野川の流れは濁《にご》りもなく、岸辺も草の生える土の堤《つつみ》でできている。川床《かわどこ》へおりて、水遊びをすることもできる。きみたちは、これが自然の状態だと思っているだろうが、実はそうじゃない。私が小さな子どもだったころは、都会によくあるどぶ川だった。側面も底もコンクリートでかため、排水や雨水を海まで運んでゆく、あのどぶだ。大雨がふれば、たちまち増水して、道路まであふれだした。渇水《かっすい》になると、異臭を放った。だが、一部では岸辺を土にかえす取りくみもはじまっていた。川べりに家を建てていた人たちが移転して川幅をひろげ、土手と緑地帯と遊歩道を整備する改修がおこなわれた。そうして、私が中学生のころ、いまの姿になったんだ。十五年ぐらい前の話さ。たしかに、川らしい川になった。草も木も生えている。でも、この川が、田園風景にとけこんでいた昔とおなじになるには、絶対的に欠けているものがあったんだよ。それが、ホタルというわけさ。改修工事が終わった記念に、保存会の人たちが大事に育てたホタルを放つイベントがおこなわれた。月のない晩を選んで、まわりの照明を消し、ホタルを放した。参加者は息をこらして待ちかまえ、小さな光が闇《やみ》のなかをただようのを見たよ。ひとつ、ふたつ、たよりない光をともして、飛んでいる。どこかもの哀しく、はかないものだと思った。それでも、じゅうぶん心にのこったんだが、そのあとで、地元の年配の人が話をはじめた。三十年ほど前まで小学校の教員をしていたという女の人で、Tさんという。自分が子どものころの夏の光景を語ってくれたんだ。かつて、受け持ちの子どもたちにもよく話してきかせたそうだ。というのは、三十年前、……いまからだと四十数年前になるが、すでに野川のホタルは姿を消していたからね。このあたりに自然の状態でホタルが棲息《せいそく》していたのは、六十年以上前の話なんだよ。きみたちの祖父母の世代が子どもだったころさ。当時は野川が田圃《たんぼ》のなかを、うねうねと蛇行しながら流れ、土手もなく、せいぜいちょっとした盛土《もりつち》がしてあるくらいで、水をはった田圃と川面はほとんどおなじ高さだった。Tさんはそんな時代の話をしてくれた。私は自分の目で見なくても心にのこる風景が、この世にあるんだということを知った。……これからその話をする。心して聞けよ。」

河井はそこで、みなに聞く気があるかどうかをたしかめるように、教室を見わたし、それからあらためて、話をつづけた。

「きみたちはむろん、私が生まれたのよりもさらにずっと昔、この学校の崖の下は、見わたすかぎりの田圃だったんだ。野川はそんな田圃のなかを、たっぷりの水をたたえて流れていた。今も、住宅地のなかに、ひとりがやっと通りぬけできるような細道がのこっているが、それは昔のあぜ道のなごりだよ。田圃の境界線だったところだ。野川の向こうはむろん、崖地と野川のあいだも、冬でも干あがらないような湿地だった。一年じゅうどこからでも、水が湧きだしてくるからさ。農家の人もそうでない人も、あぜ道を歩いた。野川をよこぎるときは、板橋をわたった。ほんとうにただの板切れだよ。ところどころにあった堰《せき》とため池で、水量を調節するんだ。Tさんの、子どものころの野川はそんなふうだった。初夏のころは、湿地も田圃も野川も、区別がつかないほど豊かにひろがる水辺だ。夜になれば、森の暗がりは空よりずっと黒々として深い。その森がそっくり水に映るぐらい田圃はひろく、静かだった。水は、しん、として、どこまでがほんものの森で、どこからが影なのか、さっぱりわからない。夏のある晩のことだった。Tさんは窓があんまりあかるいので、そのまぶしさで目をさましてしまった。まぶしくてたまらない。でも、まだ朝ではなかった。一番鶏《どり》も鳴いていない。どう考えても夜中だ。夏だったので、雨戸をたてていなかった。だから、窓そのものが光りかがやいているんだ。だが、月夜ではない。それに月夜だったとしても、そこは北窓で軒《のき》も深かったから、そんなにあかるく照らされるはずはない。雷鳴も聞こえないので、雷さまでもない。さて、と子どもだったTさんは首をひねった。夢のつづきかと、うたがった。窓辺はますますまぶしくなるばかり。とうとう決心して寝床からはいだし、そっと窓の外をのぞいた。思わず息をのんだ。そこには、見わたすかぎりどこまでも、どこまでも、ホタルが飛びかっていたんだ。光にあふれ、天も地もなく、ここもあそこも、川の向こうの湿地も田圃もぜんぶ、数かぎりないホタルの群でうめつくされていた。数千なのか、数万なのかもわからない。明滅をくりかえしつつ、飛びかっている。それらはもはや小さな点のあつまりではなく、光に満ちあふれた海だったんだ。」

話が終わったとき、生徒たちはふっと息をついた。不平のためいきとはあきらかにちがう。それまで呼吸をするのを忘れていて、ようやく思いだしたかのようだった。河井は、生徒のひとりを名指しして、今の話でなにか風景が見えたかとたずねた。生徒はうなずいた。意識に灼《や》きついた光景と完全には切りはなされていない顔だった。

「それはよかった。その風景は、きみ自身が目にしたのでも体験したのでもないが、きみだけのものとしてそこにある。どうだ、すごいことじゃないか？　確信を持って云うけれど、それは一生きみのそばにあるよ。このさき、何度でも思い返すことができる。しかも、実際に目にした風景と変わらないくらいに、あるいはそれ以上のあざやかさで目に浮かぶはずだ。」

　音和が二学期からかようことになった学校は、こんな教師がいるところだった。生徒たちに夏休みの報告をさせながら、ちょっとした感想や意見をのべる。あるいは、いまのような話をきかせた。

4　ルーフテラス

日食がおこった日は、音和にとって波乱の夏の幕あけでもあった。彼もまた中学生らしく日食に興味をひかれ、自宅で観測をこころみていたのだが、悪天候とはべつの理由でじゃまがはいった。

　ルーフテラスにいた彼を、窓辺にたたずむ母が呼びとめた。私とおとうさんの、どちらといっしょに暮らすかを一週間のあいだにきめてほしいの、と云った。うすうす気づいていたでしょう、と口ではなく目もとで同意をうながした。その母はすでに家をでる準備をすませたよそおいだった。よく似合うオレンジ色のスーツを着ている。前たてや、えりにそってダークブラウンのヘムがついていた。足もとには旅行用のスーツケースがある。

　父は休日でもないのに家にいた。リビングの革張りのオフホワイトのソファにもたれ、書類に目をとおすふりをする。母と視線をあわせないためであるのは、あきらかだった。

音和の手にはまだ、小さな穴をあけた白い紙がある。日食がはじまれば、その穴を透《す》かした太陽光は、欠けた太陽とおなじかたちの影をテラスの白いタイルのうえに落とすはずだった。

室内とテラスのあいだは、日よけのついたサンルームになっている。日よけは電動で、船の帆のように、たたんだり、ひろげたりできる。熱気や寒気が室内へながれこむのを遮蔽《しゃへい》するスペースだ。その日よけの下に、母はたたずんでいた。ピアノを運びだす手配をすませたことを云う。追って運搬業者がやってきて、母の実家へと運ばれる。

母はいつもこうなのだ。あなたが選びなさい、と云いつつ、すでに自分がきめたとおりにものごとを進めようとする。飼い犬かなにかのように、ピアノを連れさってゆく。犬のほうで譲歩しているのにも気づかず、所有したつもりになっている。ピアノはいつも、母の信じる音しか出さないように飼いならされていた。レッスンでほかのピアノを弾くことが多い音和には、そうとしか思えなかった。

母が娘時代から愛用しているピアノである。だが、仕事を持つ彼女にとって、あわただしい日々のなかでは、おちついて演奏する時間はない。ここ何年も、もっとも繁《しげ》く鍵盤《けんばん》にふれていたのは音和だった。個人指導をうけ、転調をくりかえす難曲も弾きこなした。だから母のなかでは、ピアノと音和はたがいを必要とするものとして、結ばれているのだ。

彼は即答をさけ、手もとの白い紙に意識をあつめた。頭上の雲に、動く気配はなかった。あかるい曇りだが、太陽が出なければなんの意味もない。中途はんぱにうす日がさすのは、かえって恨めしい。

テラスの床には白い紙の影さえもほとんど落ちなかった。だが、うなだれることに倦《う》んで空をみあげたとき、雲を透かして欠けた太陽を見たように思った。たとえそれが錯覚だとしても、彼はたしかに、いつもとはちがう太陽を見た。だれに憤《いきどお》りをぶつければよいのか、わからない日の記念として、そのかたちが、まなうらに灼きついた。

まもなく音和の両親は離婚し、一家は住みなれたマンションをひきはらった。音和が父とともに引っ越したアパートは、ひどく古びていた。テレビもパソコンもオーディオセットも姿を消した。全自動給湯器もシステムキッチンもない。

部屋の北側に常緑の木々が茂っているおかげで、冷房がなくてもなんとか過ごせるのは、天の恵みというものだった。冬の寒さについては想像もつかなかった。

音和の父は、自らの手で獲得したぜいたくな暮らしを、こんどは極端なまでに投げすてることで現実から逃避《とうひ》している。それにくらべ、かつてのぜいたくさに無意識だった音和には喪失《そうしつ》感もなかったが、不便で不自由な暮らしになったという実感はあった。

アパートの部屋で寝たさいしょの晩、ドスン、という音と振動で音和は目をさました。まだ、夜半だった。つづけて、みしみしと屋根がきしんだ。荷物の片づけがすんでいなかったので、積みあげた箱を壁ぎわへよせて、どうにか布団をふたつならべて寝た。それほどの近さで父と横になるのは、音和の記憶にはかつてないことだった。

ひたひたと、なにものかが屋根を歩く。音和は緊張して耳をそばだてた。うす闇のなかで背なかしか見えなかったが、父も起きていると思った。だが、なにも云わない。

こんどは、ダダン、と屋根から外階段へ飛びおりたような音が聞こえた。

「盗《と》られて惜しいものなんて、あるもんか。」背なかを向けたままの父が、妙に冷静な声で云う。父が惜しげもなく手ばなすもののなかには、命もふくまれているのだろうと、音和は感じた。それは、梅雨《つゆ》のころからずっと、父に張りついた気配のようなものだった。

六月の雨の夜、地下鉄の出口からぬれたまま歩いてきたらしい父とマンションの口ビーホールでいっしょになったとき、音和は父がまとっているその気配をはっきりと見た。父は手に傘を持っていた。それなのに、雨にぬれてきたのだった。その数日間、父が資金の工面《くめん》で走りまわっていたことを音和は知っていた。

さかのぼって考えると、あのときの父のようすが、両親のどちらと暮らすかを判断する決め手となった。父の力になりたいと思ったのでもないし、なれるはずもない。ただ、彼は父が今の状況をどう切りぬけるのか、あるいは屈するのかを知りたかった。父のそばにいて、それを見とどけようと思った。

家族のなかでいちばんはやく帰宅する自分が、ひっそりと死んでいる父を見つけるかもしれない。あの雨の夜以来、音和はそんな不謹慎《ふきんしん》な場面すら想像した。父の書棚から持ちだして盗み読みした小説には、よくそんな場面が描かれていた。

不運がかさなる困難な状況に、人がどこまで耐えられるのかを見たいという誘惑は、理性でどんなにおさえこもうとしても打ちけしがたかった。父が死を選ぶかもしれないという予感のなかには、不安やおそれよりも、甘美《かんび》な思いがあったのを音和は否定できない。だから、強盗をまえにした父が息子の身を守ろうとしなくても、責める気はなかった。そんな資格がないことを音和も自覚していた。ある意味ではおたがいさまなのだ。

足音は、それきり聞こえず、音和はいつのまにか眠りについた。

朝になって、アパートの階段のささくれた軒《のき》びさしに、ひとつまみの白い毛がからまっているのを父が見つけた。

「けものだ。猫か、もっと大きいやつかもしれないが、」

その毛は長毛で、やわらかい。音和は鼻先を近づけてみたが、けものを連想させるにおいはしなかった。

夜半の侵入者に騒ぎもせず、その正体をつきとめる気もない悠長《ゆうちょう》な口ぶりに、音和は今まで知らなかった父の姿を見た。

5　新聞部

学校の校庭は崖をのぼりきった台地の上にあるのだが、音和が期待したほどには展望がよくない。校舎とおなじ斜面に植えられたケヤキやクヌギなどが高く茂って、視界をさえぎるのだ。

放課後、校庭のフェンスによりかかってサッカー部の練習を見物していた音和は、部活動をどうするかについて担任の河井に呼びだされていたことを思いだして職員室へ急いだ。すると、二階の学習室に来るようにとの伝言で、いってみるとそこは、一面にたたみを敷きこんだ部屋だった。

花を挿《い》けている生徒と、書道をしている生徒と、編みものをしている生徒がいた。その全部の顧問を、国語教師の河井が担当している。男子もいるが、女子のほうが圧倒的に多い理由は、部活動の内容というよりは顧問にあるようだった。

まえの学校から送られてきた資料によれば、と河井は手もとの用紙に目を通しながら、話しはじめた。

「生徒会副会長、サッカー部副部長、国語の3以外は、4か5。ということは、まえの学校の国語教師はトンチキだったんだな。」

「苦手だっただけです。」

「教師が?」

「長文の読解がです。」

「それはないだろう。調査書に、趣味は読書と書いているくせに。」

音和は保護者の欄《らん》に別居した母の名を書かなかったのとおなじく、趣味の項目にピアノのことを書かなかった。その空白はどちらも、彼の意に反して生まれたという点で同質なのだ。

「実用書しか読みません。『趣味の盆栽《ぼんさい》』とか『熱帯魚の飼い方』とか『図説古代の墓と埋葬《まいそう》』とか。」

それはウソだった。祖父のおさがりである実用書をはじめとして、音和はそのほか手あたりしだいに読んでいる。父の書棚にあるものも、各種の説明書や効能書きも新聞も楽譜も、すべて読む対象だった。ただ、本を買ってくることはほとんどない。手近にあるもので、まにあわせていた。

「きみの性格が、だんだんわかってきたよ。ところで、この状況をどう思う?」

河井は、たたみの部屋を見わたしてたずねた。大半を占める女子生徒たちが妙に静かなのは、部屋のかたすみにいる教師と音和の話に聞き耳を立てているからだ。しかし、話の内容は、窓ごしの木々をゆする風にかき消されているはずだった。

「平穏《へいおん》ですね。」

「男子生徒が少なすぎる気がしないか?」

「サッカー部とくらべてですか?」

「……という考えかたもあるな。」

音和は以前、ピアノのレッスンのさまたげとなる指の故障を回避できそうな部活動として、サッカー部に所属していただけだった。レギュラーだったわけではない。ピアノを弾かない今となっては、バレー部でも野球部でもかまわないのだ。

ただ、彼の体質としては、おのおのの役割と目標がはっきりしている運動部のほうが性にあっていた。なにかを決定するのに、たがいの意見の調整が必要な文化系の部活動は、彼にはうっとうしい印象しか持てなかった。

河井の口ぶりは、男子部員の少ない部活動に音和を引きいれようとするかのようでもある。彼としては、いくら河井の話が面白くても、それぱかりは承知できなかった。

「あれはなんですか？」

話をそらす機会をさがしていた音和は、学習室の外のテラスに風変わりな小屋を見つけた。戸口に新聞部と書いてある。しかし、部室にしては小さく、百葉箱《ひゃくようばこ》にしては大きすぎる。

各教室のまえに、ひろびろと張りだすテラスがついている。それは、地下一階、一階、二階とブロックを積んだようにつらなる校舎の、それぞれひとつ下の階の屋上部分なのだった。

「鳩小屋だよ。」

河井は、はじめに鳩舎《きゅうしゃ》と云い、それを音和が厩舎《きゅうしゃ》と聞きまちがえたので、あらためて云いなおしたのだ。

「新聞部で鳩を飼っているのさ。ついでながら、新聞部の顧問も私だ。」

「鳩？」

「ただの鳩じゃない。通信員として働く鳩だよ。脚鐶《あしわ》に通信管をつけて翔《と》ぶように訓練してあるんだ。通信管は、長さ四センチ、直径一センチの軽量アルミニウム管だ。それでも通信紙をいれると七グラムぐらいになるから、四百五十グラムほどの鳩の体重から考えればけっこうな重さだ。」

「その鳩と新聞部とは、どういうつながりがあるんですか？」

音和がイメージする新聞部の活動とは、学校の行事を中心とした記事を編集し、それを印刷するか、壁新聞として校内のどこかに掲示する、といったものだった。だから、鳩とはまるで結びつかなかったのだ。

河井はちょっと見てごらんと云って、東京の街を写した古い報道写真集を資料戸棚から持ちだしてきた。カラー写真ではない時代の、モノクロの図版ばかりだった。表紙は、有楽町にあった新聞社の社屋の全景だ。その上空に胡麻《ごま》をまぶしたように、小さな点がたくさん写っている。

「これがなんだかわかるか?」

「鳥の群ですね。」

「そう、これは鳩だよ。軽く二百羽はこえていると思う。ある時代まで、東京の空には、こんなふうに大きな群をつくる鳩がよく翔んでいたんだ。どうしてだと思う?そのまえに、もうひとつ説明しておこう。この鳩たちは野鳥じゃない。」

それは、音和にとって予想外だった。公園で見かける鳩が群になっている写真としか思わなかった。その鳩たちは、スズメやカラスとおなじように街路で暮らしている。だから、当然野鳥のはずだった。

「私が云っているのは、ドバトのことだけどね。」

河井にうながされた音和は図書室へいき、日本の野鳥図鑑を借りてきた。学習室へもどる道すがら図鑑をめくり、ハトでもドバトでも見出しがないことをたしかめた。ハト科のところに、アオバトとシラコバトとキジバトが載っていたが、どれも音和がイメージする鳩ではなかった。

「では、ドバトとはなにか?　最初の写真にもどろう。この新聞社の上空を翔んでいる鳩は、新聞社で飼っている鳩を運動させているところなんだ。ひとしきり翔んだのち、ちゃんと鳩舎へもどる。この鳩が野生化するとドバトになるのさ。ただし、ブンチョウやセキセイインコとおなじくもとは飼い鳥だから、野鳥とはよばない。この写真はいまから四十年以上も前のものだが、この時代にはどこの新聞社でも二百羽から三百羽の鳩を飼っていた。通信用にね。さてと、これで鳩と新聞部にどういうつながりがあるかという最初の問いへもどったわけだ。鳩がニュースを運ぶんだよ。ファンタジーじゃない。かつては現実の通信手段だったんだ。私もふくめて、今のように通信網が発達した世の中に生まれた者にとっては想像しにくいことだが、昔の電話は、いちいち交換台を通していたから、遠方の相手さきにつながるまでずいぶん待たされた。一時間、二時間はざらだったそうだ。電報では送る文字数に制限があった。そんな時代に、取材にでた新聞記者たちが原稿を本社へ送るもっとも確実で速い方法は、小さくてうすい紙に記事を書いて、鳩の脚につけた通信管におさめて空へ放つことだったんだ。交通の便の悪い山岳部や船上や災害地ならば、なおさら鳩のほうが役に立つ。だから、新聞社や船会社や消防本部の屋上には鳩小屋があったのさ。伝書鳩《でんしょばと》というのを聞いたことがあるだろう？　新聞記者たちは取材さきで記事を書き、すみやかに本社へ送る手段として鳩をつかったんだ。昔の記者は、携帯電話のかわりに数羽の鳩を持ち歩いたわけさ。記事を書くごとに一羽ずつ放つ。あるいは、鳩が事故に遭《あ》う場合を考えて、おなじ通信文を複数の鳩に託《たく》した。通信技術が進歩したいまも伝書鳩のイメージは受けつがれていて、ほら、パソコンで電子メールを送るときに、フォルダからヒラヒラと紙を飛ばす画像があらわれるだろう。あれは伝書鳩をイメージしているんだと思うよ。……なっとくしていない顔だな。」

音和はうなずいた。おなじ鳥類でも、鷹《たか》狩りにつかう猛禽類《もうきんるい》や鵜《う》飼いの鵜ならば、訓練しだいで指示にしたがわせることも可能だと思えたが、鳩の場合はどうしても労働と結びつかなかった。それだけの知能と運動能力をみとめられなかったのだ。

「記者が大急ぎで本社へもどったほうが、鳩より速そうな気がしますけど、」

「昭和三十年代までは、まだ電化されていない鉄道がいくらでもあったし、道も悪かった。電化されていない鉄道というのは、つまり蒸気機関車やディーゼル車のことだ。山間部の鉄道は、いまの何倍も時間をかけて峠《とうげ》を越えていたんだよ。とちゅうで給水をしたり、スイッチバックをしたりしながら。もちろん、青森と北海道のあいだにはトンネルもない。船で津軽海峡をわたるだけで四時間はかかった時代に、鳩のなかには函館から東京まで半日でもどってくるつわものもいたんだ。新聞社の鳩は夜間も翔べるように訓練されていたからね。記事だけでなく、写真のネガや図面を運ぶこともあった。その場合は、鳩の背なかに筒を背負わせるんだ。そんなのは宅配業者が運べばいいときみは思うだろうけど、そのころはまだ今のような宅配便はない。山岳地帯や雪国の場合は道路もなく、郵便配達員は豪雪《ごうせつ》のなかを歩くしかない。それにくらべれば鳩のほうがはるかに速い時代があったんだよ。そう遠い昔の話じゃない。たかだか半世紀前のことだ。」

半世紀前は、はるかに遠い過去であると音和は思ったが、彼の興味は鳩が通信を運ぶことのほうにあった。

「鳩は、届け先を理解できるんですか?」

河井は笑い声をたてた。

「宅配便の業者や、郵便配達員のように? そうじゃないんだ。鳩たちは、どこにいても、必死になって自分の巣へもどってくるだけさ。だから、新聞社は屋上に鳩舎をおくんだ。巣に帰る本能のことを帰巣《きそう》本能と云う。鳩は鳥類のなかでもとくにその帰巣性が高いんだ。個体差があるから、迷子になる鳩もいるけどね。ほかの鳥類にくらべて鳩の能力がとくに高い理由は、わかっていない。往路は人によって運ばれてゆくのに、ちゃんと帰るべき巣のある方向がわかるんだ。なぜかは謎なんだよ。鳩の脳についても、そのていどにしか解明されていない。まして人間の脳なんて、ほとんどが未踏圏域《みとうけんいき》というわけさ。」

「ミトウケンイキ？」

河井は、黒板に「未踏圏域」と書き、さらに未知の土地のことだと説明した。

「でも、こんな比喩は理系人間にはよろこばれないだろうな。脳はジャングルのような場所ではなくて、もっと電気的な組織だから。……なんてことは工学部を出ている井上のおとうさんのほうがくわしいよ。興味があったら家できいてくれ。」

井上は音和の名字である。

「父は、ただの写真屋ですよ。」

音和のその云いかたは、父のためにはフェアではなかった。伯父《おじ》に雇《やと》われた結果として現在は記念写真のカメラマンに甘んじているのだが、もともとは映像を主体としたヴィジュアルアートの制作や編集をする会社の技術者であり経営者だったのだ。広告代理店の依頼を受け、企業が新製品の展示場でイメージとして流す映像や、イベントホールの雰囲気づくりにつかわれる映像の制作や編集をしていた。

いっぽうで、光学機器とCGを駆使《くし》した学術的な映像も手がけ、硬軟《こうなん》とりまぜた分野で特技を生かしていたのだ。

好景気のときには、ばかばかしいほどの報酬《ほうしゅう》がしはらわれたが、不景気になったとたん、いずれの企画も予算は大幅にけずられ、父の会社も半年単位で収入が大きく下降した。昨年の秋以来、息子の前でも平気で口争いをするようになった両親の会話を耳にはさんだ音和が理解したのは、だいたいそういうことだった。

ただの写真屋だと云い放ったあとで、彼は口では訂正しなかったが、河井から無言の指摘を受けるまでもなく、父に悪いことをしたという意識はあった。世の中を、というよりおとなのふるまいを批判的にみる癖《くせ》がついていた彼は、自分自身がフェアでないことにも鈍感ではいられなかった。

河井は音和の心の動きを察して、いったん厳しくなった表情をすぐにやわらげた。

「私もただの教師だ。きみもただの生徒。……どこまで話したっけ？」

「鳩の帰巣本能の話でした。国境も越えるんですか？」

「そういう例もあるが、島国の日本では国内にかぎられる。翔ぶ距離も数十キロから、数百キロだよ。東京から函館がだいたい七百キロで、国内としてはかなりの長距離になる。」

「その距離を半日でもどるということは、一時間に六十キロぐらいを翔ぶんですね。」

「おおよそ一分間に一キロだよ。鳩の場合は、距離と所要時間で分速を割りだすんだ。どんな長距離でも休みなしで帰ってくる。」

「飲まず食わずで？」

「そう。腹がすいて、のどが渇くから巣へもどるんだよ。そういうふうに訓練するんだ。山間部では悪天候はむろん、鷲《わし》や鷹などの猛禽類を警戒しなくてはならないし、都市部には肉食のカラスが山ほどいる。のんびり休んでいるひまもなければ、安全も確保されていない。緊張の連続のはずだ。彼らは一刻もはやく安らぎたくて、わきめもふらず、ただひたすらに鳩舎をめざすというわけさ。ちょっとは鳩を見直したか?」

音和はうなずいた。

新聞部への入部を勧誘した吉岡も、鳩のことを云っていたのを、音和は今さらながら思いだした。見にくるよう誘われていたのに、実行していなかった。もとより、まじめな誘いとは受けとめなかったし、その後に校内ですれちがっても、ババを踏むなよ、と笑いながら声をかけてくるだけで強引な勧誘はなかった。

都心のマンションで暮らしていたころ、音和が抱いていた鳩の印象というのは、テラスに巣をかけようとして、なんど追いはらってももどってくるしつこさだった。あるいは、寺や公園や街路にいる黒ずんだ色のドバトだ。それを飼育していると聞いても、物好きだと思うだけでなんの興味もわかなかった。

鳩舎には、カラスと猫よけのネットが何重にもかけてあった。昼間は生徒たちがまわりにいることで、外敵にねらわれずにすむが、夜間は危険なので通気口をのこして戸板で囲っておく。

「このごろは、ハクビシンもあらわれるんだよ。さいわい、この学校ではまだ確認されていないけども。」

「ハクビシン？」

「ジャコウネコ科の動物さ。もともと奥多摩《おくたま》のほうに棲息《せいそく》していたのが、近ごろはこのあたりまで進出するようになったんだ。夜行性のうえに、猫より敏捷《びんしょう》だから始末が悪い。電線をつたって移動するんだ。空中サーカスは、ちょっとした見物《みもの》ではある。鳩にしてみれば、恐ろしいかぎりだろうね。遊び半分の猫とちがって、ハクビシンは本気で食いにくるんだから。」

鼻筋が白いことから、白鼻心の字をあてる。猫よりすこし大型の敏捷な哺乳類《ほにゅうるい》ときいて、音和はいつかの晩に屋根で足音をたて、アパートの軒びさしに白い毛をのこして去った生きものの正体を、つきとめたように思った。

音和はサッカー部の練習に、仮参加してみたぐあいで結論を出すと河井につたえた。

6　鳩の通信

サッカー部の実力は、音和が以前に通っていた中学とあまり変わらなかった。二年の彼の感触としては、準レギュラーの控《ひか》えくらいだった。問題は、他校との練習試合のさいに保護者のサポートがなかば義務づけられていたことだ。今のところ週休二日の待遇ではない父はむろん、母にも頼めない音和としては、顧問による反省会での正座どころではない大きな障害だった。

その日、音和はふたたび河井に呼びだされて、たたみ敷きの学習室にいった。教師は書道の手本を書いている最中だったので、音和はテラスの鳩舎を見物してくることにした。

最初に彼を新聞部へさそった吉岡の姿はなかった。部員ふたりをひきつれて、鳩の通信訓練にでていたのだ。彼らは部活動の日は特別に許可されて自転車で通学し、それを足にして訓練にでかけてゆく。きょうは二・五キロほどさきのS山と五キロほどさきの大社《たいしや》の森で鳩を放つ予定になっている。

鳩舎は、テラスの東側の木《こ》かげにある。ひるまの直射日光をさけるように、金網の部分は東を向いている。西日はほとんどあたらない場所だ。鳩舎のかたわらに、ふたりの少年がいる。ひとりは小学生かと思うほど小柄《こがら》だったが、制服を着ている以上は、すくなくとも中学一年ではあるのだ。いまひとりの少年は双眼鏡を手に、しきりに空をながめている。

「見学させてもらってもいいかな?」

音和がたずねると、小柄な生徒のほうが小さくうなずいた。鳩舎の屋根は、緑色の塗装《とそう》だ。戸口に新聞部と表札がつき、管理責任者として顧問の河井の名がある。

この小屋のなかで、十五羽ほどの鳩が飼育されている。小柄な少年は、小屋のひくい位置にある戸口をあけてなかへはいった。ちょうどひとりぶんの通路がまんなかにあり、その片側は金網をはったふつうの鳥小屋の形態をしている。もういっぽうにはこまかい仕切りのある棚《たな》がならんでいる。棚のひとつひとつに、皿が置いてあった。小屋の屋根は棚のあるほうへ傾斜した片流れで、金網の部分にはべつにたいらな軒びさしがついている。それが東に向いていた。

音和があとで知ったところでは、たいらな軒びさしは外へ出ていた鳩がもどってくるときの到着台で、そのまま鳩が前進すると片流れの屋根の下へすべりこむようになっているのだった。進行方向にだけひらく仕切り戸《トラップ》がついていて、鳩はそこをくぐって小屋のなかへはいる。

書類棚は、それぞれが鳩の個室で、エサをいれた皿がひとつずつ置いてある。棚は白くぬられて、清潔だった。水は個別でなくともよく、大容量のペットボトルの容器をさかさまにしたような飲水器が天井からつるしてあった。つきあたりの仕切りと背なかあわせに、繁殖用の小屋がべつにある。これらは、部員と保護者たちが協力しあって手づくりしたのだった。

小柄な少年の案内で、音和も小屋のなかにはいった。天井に頭をこすりそうだった。長身の生徒は、中腰か、しゃがむかするのだろう。そのくらいの大きさだった。

鳩たちの健康状態をチェックシートに書きこんだのち、小柄な少年は小屋の外へでてきた。音和はそれよりさきに外で待っていた。少年の肩に一羽の鳩がとまっている。

「逃げないの?」

「これはおくびょうで、翔べないんです。巣立ちしたときに、落下して、それがトラウマになっているみたいです。獣医さんに診《み》てもらい、レントゲンも撮《と》ったんですけど、翼はどこも悪くないんです。」

そんな話をしているあいだに、鳩は少年の肩から音和の腕に乗りうつった。羽ばたかずにすむ、そのていどのジャンプはできるのだ。

「好かれてるな、」

河井がやってきて、音和をからかった。

「あんがい重みがありますね。」

「ふだんは腕にそんな負荷《ふか》がかからないから重く感じるんだよ。……淳也《じゅんや》、コマメは何グラムあるんだっけ?」

「やっと三百五十グラムです。春生まれのなかでは、いちばん小さいです。」

小柄な少年は淳也という名だった。鳩はコマメとよばれている。刻印のついた脚鐶《あしわ》とはべつに、黄緑と茶の標識をつけていた。

「コマメはこんな調子なんだが、この春に生まれたほかの二羽はすこしずつ訓練をはじめているんだ。きょうは若い鳩は留守番で、この鳩舎ではベテランのソラマメとモモが通信員として取材班に同行している。あそこにいる一年生の部員はその鳩たちの帰還を待っているんだよ。」

河井は双眼鏡をかまえた生徒の紹介をした。

「この小屋の全部の鳩に脚鐶《あしわ》がついているんだ。ひとつは公式の機関からとりよせたもので、承認番号を刻印してある。大会に出場したり、行方不明の捜索のときに必要だ。べつのひとつはこの鳩舎で生まれたことをあらわす標識で、個体ごとにちがう色の脚鐶をつける。たいていは、その色を愛称にしているんだよ。シロとかチョコとかモモとか。コマメは、きょうの訓練にでているソラマメの子どもだから、コマメなんだ。」

コマメは音和の腕にとまったまま、うとうとしている。そのままそっとしておいてやれ、と河井にうながされ、音和はコマメとともに学習室へもどった。

鳩舎の鳩たちは、音和がこれまでドバトだと認識していた鳩と、見かけはほとんど変わらない。灰色の翼に黒か白のボーダーがはいり、赤紫の首輪をまとっている。公園などにいる鳩より、すこし精悍《せいかん》な顔つきで、羽のもようも、くっきりしているが、大きなちがいはない。

コマメはすこし小柄なのと、尾羽《おばね》がみじかいのをのぞけば、やはりドバトだった。

「公園にいる鳩と、まるっきりおなじなんですね。」

「見かけはね。ただし、ここにいる鳩たちは血統書つきだ。犬や猫とちがって、たんに親がはっきりしているという意味だけども。野生化したドバトも親から親へさかのぼれば、どこかの新聞社の○○号なんてよばれていた鳩にたどりつくだろう。もともとはヨーロッパ産だ。野生化してからの歴史も長いし数も多くてまぎらわしいが、この鳩たちは外来種なんだ。それが代《だい》がわりするうちに、気候にも環境にも適応したのさ。なんて説明は、井上には不要かもしれない。実用書で読んでいるよな？〈伝書鳩の飼い方〉とかいうのを。」

「読んでいません。ドバトが外来種だなんて初耳です。」

「真顔《まがお》で応じるなよ。冗談で云ったのに。」河井は苦笑いする。

「レースに参加した鳩が、巣へもどってくる確率はどのくらいなんですか?」

「これも馬とおなじく血統がものをいう世界なんだ。ただ、聞くところによると、近ごろは二百羽がレースに参加して、一羽も鳩舎へもどらなかったという例があるらしい。はじめは鳩の能力の低下がうたがわれたが、太陽の活動が弱まったからだという説もある。地球に到達する電磁波の量が減り、そのせいで鳩の磁気コンパスが狂うというのさ。このあいだの日食のさいに、研究者たちは太陽のコロナの状態などを重点的に観測したはずだから、そのうち詳細《しょうさい》が発表されるだろう。電磁波が弱まると地球の上空に雲ができやすくなり、鳩のコンパスが狂うばかりか、地球全体の低温現象をまねくというんだ。……まあ、そんなふうに鳩と日食もつながるわけさ。……お、一番のりが帰還したみたいだぞ。」

双眼鏡でのぞいていた一年生は、ストップウォッチを手にしている。まもなく、鳩が到着し、まっしぐらに小屋へはいってゆく。

「競技に参加するときは、脚鐶《あしわ》にバーコードをつけてパソコンと連動させておくんだよ。正確な分速を計算するためにね。新聞部の鳩は通信用だから、手動でまにあわせてる。」

と、河井が解説をした。もどってきたのは、ピンクの脚鐶をはめた鳩だった。部員たちはモモとよんでいる。首のまわりの輪っかのもようも、紫というよりピンクがかっていて、名前にふさわしい。モモは、長さが三センチほどの通信管を脚にはめて帰還した。そのなかに通信がはいっているのだ。

淳也がふたたび鳩舎にはいり、帰還した鳩をそっと両手でとらえて戸口のほうへむけた。そこで待ちかまえていたもうひとりが、通信管をはずした。筒状《つつじょう》にまるめたうすい紙がおさまっている。読んでみろ、と河井がうながした。

「河井先生へ。藤倉《ふじくら》の自転車がパンクして、修理に千五百円かかると云われたので、今、山田が百五十円の投資ではじめた金魚すくいで資金を稼《かせ》いでいるところです。もう三十四ほどすくいました。これを店に買い取ってもらうつもりですが、黒のデメキンがまじっているので、じきに店主が、五百円やるからやめてくれ、と云うはずです。それを元手にクレーンゲームでぬいぐるみをキャッチし通りすがりの親子づれに買いとってもらう算段で、あ、紙が足りません。とにかくなんとか帰りますので、ご心配なく。吉岡祐仁《ゆうじ》。……だそうです。」

「だれが心配するか。」

「S山については、ひとこともふれてませんね。」一年生部員が指摘した。

「吉岡はいつもそうだ。目的も計画もあったものじゃない。そういうわけで、井上、この部のめんどうを見てもらえないかな。」

「お断りします。」

音和には、ほかの返事のしようがなかった。間をおいても、おなじ回答しかだせないと思い、即座に答えた。

「つれないな。せめて検討するふりくらいしてくれてもいいだろう。今は吉岡が部長なんだが、三年だからまもなく引退する。後継者が必要なんだ。」

「ぼくはリーダーの器《うつわ》じゃない。ひねくれ者だし、協力的でもない。」

「よく云うな。生徒会の副会長とサッカー部の副部長の前歴はなんだよ。」

「それはくじ引きで決めたんです。くじ運が悪くて。」

「そんな学校がどこにある。副部長はともかく、生徒会の役員は選挙できめるものだよ。生徒会は議会制民主主義の概念《がいねん》と基本を学ぶ場にもなっているんだからさ。社会科で5しかついたことのない生徒が寝ぼけるな。副読本はまっさきに熟読し、歴史年表の太字で書かれた項目は授業で習うよりさきに全部おぼえているクチだろう。柳沢吉保《よしやす》も大久保利通《としみち》も、太田道灌《どうかん》でさえ、なにをした人物か知ってるよな？　井上、問題はなんだ？　交渉しようじゃないか。」

こんなことをいう教師は、まれにしかいない。音和はそのありがたみを、すでにじゅうぶん実感していたが、だからといって、部長など軽々しくはひきうけられなかった。

「条件をだしてもいいですか。」

「云ってみろ。」

「このあいだ、野川のホタルの話をしてくださいましたよね。この目で見てもいない光景が、先生のことばひとつで目に浮かぶなんて思いもしなかった。指のひとふれ、というのか、ひとつの音符をきっかけに、とつぜん、あざやかな色彩が見えてくるのとおなじなんですね。……そういう話を、もっと聞かせてくれるなら、ひきうけてもいいです。」

「はじめて聞くぞ。楽譜を読むんだな。なんの楽器だ？」

「ピアノです。」

「調査書に書いていなかったじゃないか。」

「……レッスンを休んでいるんです。アパートは防音になっていなくて、ピアノを持ちこめないから。」

「理屈をつけるな。レッスンはつづけろ。ピアノがなくても耳があるんだろう？　学校のピアノをつかってもいいぞ。音楽の先生に交渉すればたぶん大丈夫だ。」

「考えて、ご相談します。」

音和はそれよりも本題のほうの答えを待っていた。

「ああ、すまない。私が答える番だったな。話をすればいいなら、いくらでもひきうけるさ。ずいぶん安あがりな条件だな。」

「そうでもないはずです。だって、先生はぼくが望んだときに、どんな時間でも応じなくてはならないんです。もちろん、授業中はべつです。ぼくにも常識はありますから。でも、先生が休みのときや、夜中や、じゃまをされたくない気分のときに依頼するかもしれない。つまり携帯電話の番号をおしえてもらうのが前提で、そのうえで要望にこたえてほしいという意味です。」

「わかった。ひきうけた。」

この即答には音和のほうがおどろいた。彼としては交渉が不成立になるよう難題を持ちかけたつもりだったのだ。いまの家に電話はなく、音和は自分用の携帯電話も持っていない。父が帰宅するまでは、通信手段のない部屋ですごしているのだ。河井はその場で、電話番号を書いたメモをよこした。

「ずいぶん、あっさりひきうけるんですね。休みの日にデートをしないんですか?」

「するよ。でも、きみだってちょっとは待ってくれるだろうし、節度があると信じている。」

「楽天的ですね。」

「悪いか? ……こんどは、そっちの番だよ。」

「ひきうけます。」

音和もきっぱり云い放った。交渉はフェアにおこなわれ、フェアな回答を得たのだから、音和としては断る理由はなかった。

「ありがとう。助かったよ。三年が引退したあとの部長選びは毎年苦労するんだ。多数決や立候補ではきめられないこともある。その見本だな。人選を誤《あやま》ると、部が崩壊する。ここはごらんのとおりの大所帯だけど、まあ、私もサポートするから。」

「大所帯？」

「兼任することになってるんだ。新聞部の部長が、これぜんぶ。書道と挿《い》け花と手芸。」

このようにして、音和は河井にまるめこまれた。詐欺《さぎ》のような話に彼が反発しなかったのは、真夜中に呼びだしをかけて電話口で話をさせることもできる権利に、河井がなんの制限も設《もう》けなかったからだ。

「おとなの交渉をしたんだぞ。」と教師は云い、音和もうなずいた。

7　報告

自転車のパンクで帰りが遅れていた部員たちがもどってきた。三年の吉岡と藤倉、それに二年の山田の三人だ。藤倉は淳也の姉である。だからまぎらわしさを避けるために、弟のほうは部員たちに淳也とよばれているのだった。

モモを訓練したのもこの姉で、彼女はさっそく自分よりさきに帰還した同志をねぎらいに鳩舎へ向かった。音和はいっしょにいって、コマメを寝室にもどした。鳩たちは、みんな小部屋をひとつ持っている。藤倉は到着台の近くにいたモモを腕にのせて、名札のついた小部屋へうつした。

「あんがい可愛いものでしょ？」

音和はうなずいた。

「鳩には、あんまりいいイメージを持っていなかったんですけど、」

「みんな最初はそうだよ。訓練をはじめると、鳩にも個性があって怒った顔や得意そうな顔をするんだってことがわかってくる。そうすると、愛着もわいてくる。」

「怒った顔って、どんなふうに？」

「つきあってみればわかるよ。コマメを訓練してみる？」

「翔べないらしいですけど、」

「きっかけがつかめないだけだと思うんだ。翔べないと思いこんでるか、あきらめてるか、そんな状態なの。もし、その気があるなら副部長の権限で許可するから。……ええと、」

藤倉は音和のうわばきにカタカナで書いてある名前を読もうとして、視線を落とした。

「二年の井上音和です。」

「私は三年の藤倉しのぶ。オトワってどういう字を書くの？」

「音楽の音に平和の和です。」

「へえ、いい名前だね。それじゃ、コマメのことはまかせるよ。河井先生にも云っておくね。」

部員たちの意見を調整しないこの独断ぶりは、音和を不安がらせた。調整がめんどうだからこそ文化系の部活を敬遠してきた彼だが、それが必要な手順であることはわかっていた。

藤倉の提案をうけて、「そりゃ、よかった。」と河井は云い、さいわいに、ほかの部員からも異論はでなかった。顧問の影響をうけているせいか、一部員のちょっとした独走なら見のがすくらいのおおらかさが、彼らにはある。

部長の吉岡は河井にうながされて、きょうの通信訓練の報告をはじめた。

「くりかえすのはくどいので、山田が金魚すくいで五百円とデメキン一匹をもらうかわりにほかの金魚は返したあとの報告からはじめます。予定では、その五百円を元手に、おなじく山田がクレーンゲームでぬいぐるみを獲得し、通りすがりのだれかに転売するつもりだったのですが、その移動中に駅前通りでチラシ配りをしている男の人を見かけたんです。なんとなく不慣れなようすで、ほとんどの通行人にチラシを受けとってもらえない。マンションの建設反対のチラシをふつうのサラリーマンの人が駅前で配っているかんじです。強引さも、ずるさもない。チラシ配りはある種の先制攻撃なので、相手の不意を衝《つ》くか、歩くすこしさきへ差しだすのが、受けとってもらうコツだと思うのですが、その人は差しだすのがはやすぎて、通行人にかわされてしまうのです。落ちていたチラシをひろってみたところ、男の人が配っていたのは、家族の記念日写真をすすめるフォトスタジオの宣伝用チラシでした。苦戦するうち、その人は腕にかかえていたチラシの束を落としそうになったんです。どうにか落とさずにすんだけれども、そのさい紙で指を切ったらしくて、血が出ているのが遠目でもわかりました。男の人は、チラシの束を足もとにおいてハンカチで傷口をおさえましたが、出血がかなり多いんです。そうしたら、いつも救急袋を持ち歩いている藤倉が、ハンカチをつかうと雑菌《ざっきん》がはいるから、やめたほうがいいですよ、とお節介《せっかい》にも声をかけて、その人が困惑《こんわく》しているのもかまわず、強引に応急手当をやりだした。その人は河井先生ほど若くはないけど、先生とおなじかそれ以上にかっこうがよくて、スーツの似合う会社員でした。チラシ配りの人がそういうスーツを着るものかどうかはともかくとして、趣味のいいスーツでした。色とかかたちとか、ぼくらにだって、洗練されているかどうかぐらいわかります。だから藤倉も調子にのったんです。包帯をしながら話をしているときに、自転車のパンクの修理なら九百円か千円くらいが相場で、千五百円というのは、ふっかけられたんだとその人に教えられ、お礼にと云って、その人がべつの自転車屋で交渉してくれて、八百円にしてもらった修理代を全額だしてくれたんです。おかげで、無事にもどってくることができました。金魚すくいで稼《かせ》いだ五百円のうち百五十円は元手をたてかえた山田にかえし、のこりは部費にプールします。以上、報告終わり。」

報告はよどみなくおこなわれ、音和にはその場の状況が映像として、はっきりと目に見えた。彼には、吉岡たちが遭遇したチラシ配りの男の容姿《ようし》がわかりすぎるくらいわかったのだ。

「新部長、ぼんやりしていないで、ちゃんと今の報告を日誌に記録してくれよ。」

河井にうながされるまで、音和の意識は駅前でチラシ配りをする父の姿から離れなかった。

自らの美学をうたがわず、技術をよりどころとして、自負心《じふしん》をかくさずに生きてきた人物だ。負けていても、負けをみとめない意地をかかえこんでいる。そんな父にとって、証明写真や家族の記念写真をスタジオで撮影し、それを修正するだけの日々でさえ、空《むな》しい仕事のはずだった。それが、宣伝チラシの配布までしているというのだ。通行人にチラシや景品を配る人々や、善意の提供をもとめる人たちを、かつての父がどれほど容赦《ようしゃ》なく退《しりぞ》けていたかを知っている音和は、父がそんな境遇を受けいれるとは信じがたかった。父にとってそれだけはありえないと思っていたのだ。

ノートをとる音和の手さきで、なんどもシャープペンシルの芯《しん》が折れた。感情の波立ちがそのまま指につたわり、力の配分をそこねるからだった。彼は自分でもそんな感情に惑《まど》わされるとは思ってもいなかった。

今の今まで、父に味方する気持ちがあるのを意識していなかった。だが、心のどこかでは、捨てなくともよいものを捨ててまで意地を通している父を支持していたのだ。そんな父のそばでは、わびしい暮らしも、さほど苦痛と思わずにすんだ。なにを失っても、誇《ほこ》りと頑固さはまだ父の手もとにあるということが、音和の心の支えでもあったのだ。

「S山での訓練はどうした?」

「ソラマメに第一報をたくして飛ばしたんですけど、」吉岡は語尾《ごび》をあいまいにする。鳩の行方《ゆくえ》がわからないからだ。

「帰還していないんだな。」

河井は鳩小屋の番をしていた一年生部員たちにたずねた。彼らは、まだです、と報告した。

「しばらく、ようすをみるしかないな。二、三日してもどる場合もある。報告は臨《りん》場感《じょうかん》があってよかった。その人には、ちゃんとお礼を伝えたんだろうな。」

「伝えました。」

「よし。……追加で報告することはあるか？」

河井は、ほかの部員にもたずねた。山田が手をあげて、デメキンをもらって帰ってもいいですか、とたずねた。彼は音和とおなじクラスの生徒だ。

「いいよ。飼うんだろうな？」

食うんだよ、とだれかが小声で云っている。山田はその声にたいして首を横にふり、河井には大きくうなずいた。

「家庭訪問のときに、確認するからな。ほかになければ、鳩舎のそうじをして終わりだ。」

副部長の藤倉しのぶは記念にもらってきたのだと云って、フォトスタジオの宣伝チラシをとりだした。七五三の衣裳《いしょう》を着た子どもや成人式の振りそで姿のモデルがほほ笑んでいる。音和はすぐに目をそらした。伯父の経営するフォトスタジオの名称が書いてあった。

映像の編集や画像処理の高度な技術を持っている父が、街路でチラシ配りをしているという事実に、彼はまだ衝撃を受けていた。父が自ら命を絶つことまで想像した音和も、チラシ配りをする父の姿など思い浮かべもしなかったのだ。

伯父と父が仲のよい兄弟でないのは、それとなくわかっていた。彼らの過去になにがあったのか、音和は知らない。兄弟のあいだで起こることは、ひとりっ子の音和には、想像しがたいものがある。

伯父にも父にも、それぞれの身勝手さがある。父に技術があるのを知りながらチラシ配りを命じるのは伯父の悪意かもしれないが、音和はその判断を留保した。過去にどんないきさつがあったにしろ、伯父が父に援助をしたのは事実である。

事業を整理するのにも資金が必要で、すでに借りるあてのなかった父に、まとまった金額を提供したのは伯父なのだ。家のなかであけすけにおこなわれたそのやりとりは、中学二年の音和には、じゅうぶん理解できるものだった。

商魂《しょうこん》のたくましい伯父が、父の技術だけは評価して、安く働かせるつもりで雇ったのだろうと音和は推測していたが、実態はもっときびしい。父は自負心の限界をためされているようなのだ。どう考えても、チラシの配布は、ひとかどのおとなの仕事ではなかった。

そもそも、伯父の商売を通俗的だとしてきらっていた父が、そこで雇われていること自体に問題がある。

藤倉しのぶは、チラシの文面を読みあげた。

「レンタル衣裳は、スタイリストのアドヴァイスによりおえらびいただけます。着つけ、メイクアップもおまかせください、だって。わたしも成人式の写真はここで撮ろうかな。」そう云いながら河井のそばへいき、先生に送ってもいい？ と藤倉は調子にのってきく。

「それまで生きていればな。」

音和のかたわらでそうつぶやいたのは、吉岡だった。藤倉には聞こえていない。音和は思わず、吉岡の顔をのぞきこんだ。軽口とは受けとれない真顔だった。

音和の視線に気づいた吉岡は、あわてて笑顔をつくった。たった今のあれは空耳だったんだよ、と云いたげな表情だ。

「……ひきうけたんだな、部長。断ればいいのに。サッカー部じゃなくていいのか？」

音和はうなずいた。

「ひきつぎはありますか？」

「ないよ、なにも。好きにやればいい。……いや、ちがうな。いいかげんにやれ。適当でかまわない。転入生なんて、ただでさえストレスが多いんだ。部長ごときで、むだな神経をつかうことはないさ。ややこしいことは顧問にまかせればいい。ただし、こじれるまえに報告しろ。リラックスして、愉快《ゆかい》に過ごせよ。」

吉岡の口調は、どことなく河井と似ていた。むやみに打ち解けない性質の音和でさえも、初対面のときから気安さのあるこの人物には関心をよせていた。

「コマメに好かれたんだって？」

「たんに眠かったんだと思います。そっと巣箱へもどしておきました。」

「あれは、孵化《ふか》したときから小さくて、性格もぼんやりしているんだよ。そのうち、急に思いだして翔ぶような気がするんだ。そもそも、親のソラマメも巣立ち直後に地面でうずくまっていたくらいだから、このぼんやりは、遺伝なのさ。」

吉岡のうしろに、いつ口をはさめばよいか悩んでいる顔の淳也が立っていた。さきに気づいた音和の視線を追って、吉岡がふりかえった。

「ああ、淳也か。気づかなくて悪かった。……なんだ？」

淳也は、ほっとしたような表情になった。

「ソラマメを捜索《そうさく》しなくてもいいんですか？」

「もう日暮れだし、やみくもにさがして見つかるものじゃないよ。無事なら、夜あけを待って、もどってくるだろう。ひょっとしたら、職場放棄《ほうき》したのかもしれない。鳩にも鳩の都合があるんだ。気長に待つだけさ。」

「でも、ソラマメは先輩が最初に訓練した鳩だから、」

「もちろん惜しいけど、死に別れたわけでもない。どこかで生きていると思うこともできるさ。」

下校のチャイムが鳴った。書道部や華道部の生徒たちはそれぞれ教師にあいさつをして帰ってゆく。十月にはいり、日暮れの時刻がはやまっている。

「先輩は、まだ帰らないんですか?」

学習室の戸じまりをする吉岡のうしろで、いっしょに帰りたそうな顔をしている淳也がたずねた。

「おれは新部長とひきつぎがあるんだ。……待つ?」

ひきつぎはなにもないと云われたばかりの音和は、吉岡の思惑をさぐりながらも口ははさまずにいた。淳也は、書道部の女子としゃべっている姉のほうを、ちらっと見た。

「きょうはきげんがよさそうだから、いっしょに帰ります。」

「そうだな。このあいだ受けた模擬《もぎ》試験の成績表がきょうもどってきて、順位があがったから、浮かれてるんだよ。もっとおだてて、なにかおごってもらえ。」

「先輩とおなじ高校に行きたいみたいです。」

「しのぶとは幼稚園の年長組以来ずっといっしょなんだ。もう、じゅうぶんだよ。」

「そう伝えておきます。」

「ばか、云わなくていい。男同士の話だ。」

淳也は吉岡と秘密を共有したことに満足したらしく、はにかみながら軽く頭をさげた。河井にもあいさつをして、友人たちと連れだって出てゆく姉のあとを追いかけた。

「戸じまりは引きうけるから、日が暮れきってしまわないうちに帰れよ。」

河井はのこりの生徒たちにも帰宅を急がせた。

「車に気をつけろ。ドライバーも夕闇だと人影が見えにくいんだ。そのつもりで歩け。」

8　海のかたち

音和は吉岡のあとにつづいて玄関へむかった。ひきつぎがあるというのを、真に受けるかどうか迷っていた。

「どっちへ帰るんだ？」

三年の下駄箱のほうで、吉岡の声がした。「西原町《にしはらまち》ですけど。」音和がこたえる。

「地蔵《じぞう》のそば？」

吉岡は音和のいる下駄箱のほうへまわってきた。音和は、うなずいてみせた。

「それじゃ、とちゅうまでいっしょだな。」

木々のこずえが日よけのように頭上をおおう学校の坂道は、もうすっかり日暮れてうす暗い。ひくい枝から、紅く色づいたカラスウリのつるが束になってたれさがり、なおさら暗がりを深くした。だが、学校の門をでれば、そこではまだ西日をあびた道路が、まぶしいほどだった。家々の切妻《きりつま》屋根にも、入り日の反射がとどまっている。

鳩の通信訓練がある日は、新聞部の部員は自転車で通学する。職員用の駐輪場にとめていた自転車をだしてきた吉岡は、徒歩の音和にあわせて、それをおして歩いた。

「お先にどうぞ。」

「話があるんだよ。そう云っただろう?」

ひきつぎはないはずだった。音和はそのことを吉岡に思いださせようとして口をひらきかけたが、それよりさきに、ちょっと寄り道につきあってもらえないか、とうながされた。

同級生ともまだ寄り道をして帰るほどうちとけていない音和だったが、吉岡のその誘いには、すんなり応じた。

吉岡には、身がまえなくてもすむような人あたりのよさがある。河井に通じる軽快な語り口も、摩擦《まさつ》の少ない日常生活をうかがわせた。それでいて、信者をあつめて群をつくるというふうでもない。むしろ、だれとでも等しく距離をたもっているのだという気がした。

ふたりは学校の崖下にいたのだが、吉岡が立ちよりたい場所は坂の上だと云う。そこで、彼らは学校の敷地の外側をとおる坂道をのぼった。校内の切り通しも傾斜はきついが、舗装されたその坂道も自転車に乗ったままではのぼりきることがむずかしそうな急坂だった。彼らを追いこしてゆく宅配業者の車も、重々しい音をたててのぼっていった。

音和が夏まえまで住んでいた町も坂の多いところだったが、坂の下と上の高低差はここほどではなく、急坂のていどももっとひかえめだった。ただ、地形がいりくんでいる点では、以前の町のほうがまさる。東京の山の手は坂と谷の宝庫なのだ。

「急ですね。」

「もっとはげしい坂もあるよ。そのぶん自転車でくだるときは爽快《そうかい》なんだ。」

坂をのぼりきって、学校の校庭のフェンスにそって歩いた。サッカー部も練習を終えて、もう人影がない。近くで踏切の警報機の音が聞こえている。校庭の北側の通りをわたったさきに線路があるのだ。吉岡がそこに向かって歩いてゆくあとへ、音和もだまってついてゆく。

やがて踏切が見えてきた。下り線だけ高架橋《こうかきょう》が完成している。上り線はまだ工事中で、電車は地上を走っていた。ちょうどいま、上りの快速電車が通過してゆくところだった。踏切の手前でやや減速して、ゆっくり通りすぎる。高架下のかげにまぎれ、ふたりは通過待ちをした。

車内の青白い照明をあびて、乗客たちの表情には濃い影がまとわりつく。手をふってみようか、と吉岡が云う。子どもじゃあるまいし、と音和は異議をとなえた。

「だれかが手をふりかえしたら、チキンバーガーをおごれよ。」

吉岡は勝手にそんなことを云って、手をふりはじめた。ほとんどの乗客は、窓の外すら見ていない。たまに見ている人がいても、関心がなさそうな顔をするだけだった。ごくまれに、手をふる吉岡に気づいて、表情をやわらげる人がいる。だが、手をふりかえしてはこない。そのまま、最後の車両が通りすぎるかと思ったとき、おとなの腕にだかれた三歳くらいの子どもが、手をふった。

「おれの勝ちだ。」

「賭《か》けは成立してませんよ。……だいたいバーガーショップなんてないじゃないですか。」

踏切があるにしては、車も人もまばらだった。日暮れが深まるとともに暗がりもひろがり、電車が通過して警報機のランプが消えたあとは、踏切を照らす照明だけというありさまだ。近くに民家はあるが、雨戸をとざし、留守なのか在宅なのかもわからない。かろうじて、道ばたの自動販売機のあたりだけが、明るくかがやいている。通りぞいの店など、あるはずもない。

踏切をわたって、線路ぎわをすこし歩く。

「坂の下にあるんだよ。地元の養鶏《ようけい》農家直営のチキンバーガーの店が。ついでに云っておくと、山田の親戚《しんせき》の家だ。制服でいけば、具をオマケしてくれる。井上は制服がちがうけど、校章をつけていれば大丈夫だよ。このあたりの山田姓は、たいてい親族なんだ。本家は生協の裏手のこんもりした屋敷森のなかにある。」

「寄り道っていうのはそれですか?」

音和がわざわざたずねたのは、坂の下のバーガーショップの話をしながら踏切をこえて反対方向へ歩く吉岡をいぶかしく思ったからだった。

吉岡はほかのことに気をとられているらしく、返事はなかった。自転車を線路わきにとめて、侵入防止の策として設けられた腰高のコンクリート柱がならんでいるところへ近づいた。黒と黄の塗料がぬってある。吉岡はそのうちのひとつの頭部に手をおいた。

「これ、なにに見える?」

どこの線路ぎわにもあるような、コンクリートの角柱のひとつにすぎない。まわりには同じ規格の柱がならんでいる。音和にはそれだけがどこか特別であるようには思えなかった。

「直感でいい。……ただし、男根とか云うなよ。そういう話をしにきたんじゃないから。」

「そんなこと、考えつきませんでした。云われるまでは。」

「似たようなものではあるけど、」

ふたたび警報機が鳴りだした。遮断機《しゃだんき》がゆっくりとおりてくる。通過のランプが紅《あか》くともった。間近で聞く警報機の音は、胸にひびく。電車の前照灯が遠くで光った。

「……ある人が、この柱にボールペンでサヨウナラと書いたんだ。日付と自分の名前と。それから何年もすぎて、塗装しなおされ、今はどこにも痕跡《こんせき》はない。でも、おれには見えるんだ。はじめて目にしたときのまま、まぶたに灼《や》きついている。」

だれかが、そこで命を絶ったのだ。吉岡はその事実をわざと伏せ、絶筆のことだけ云う。故人を知っていたわけではない音和に、云うべき意見もない。だから、黙っていた。

電車が通過する。特急列車だった。風圧が、音和のからだをかすめてゆく。気をぬけば、地面からもぎとられそうになる。自分が弱々しい根で、地上に踏みとどまっているのだと、思い知る瞬間だった。かたわらの吉岡の髪は風に逆立ち、心なしか潤んだ目のなかを光がながれた。電車の窓のあかりだった。

「だれだって、こんなものを墓標《ぼひょう》にすべきじゃない。……彼は万能の中学生だった。生徒会の会長で、バスケットボール部で活躍するいっぽう、野球部の試合でも、助《すけ》っ人《と》で出て速球のストッパーとしてならした。体育祭ではリレーの選抜選手。声もよく姿もよく、成績はトップクラス。いつでもリーダーで、人望もあった。でも、なにごとも人並み以上によくできた彼は、実は小心者で、ただひとつのありふれた失敗を克《こく》服《ふく》できなかった。人にほめられ、祝福されることしか知らなかったから、自分を笑い飛ばせなかったのさ。だれにでも、起こりうる失敗だった。たしかに悔いはのこるだろうけど、将来を悲観するほどのことじゃなかった。」

吉岡はひと息にしゃべり、彼のいう墓標にむかってつかのま手をあわせた。それから、「いこうか、」と音和をうながした。こんどは下りの高架線を特急列車が通過してゆく。あたらしい線路を走るその音は軽やかで風圧もない。墓標の頭上をなにごともなく過ぎさった。空はまだ、うっすらとあかるいが、地上はもう暮れている。

「悪かったな。いきなり、なにを云いだすんだと思ってるだろう？　知りもしない人物のことで、こんな話を聞かされたら迷惑だよな。」

「……そうは思いませんでしたけど、」

こうした打ちあけ話をきく資格が自分にあるのか、と音和はとまどっていたのだ。故人となんの関わりもない彼にできるのは、吉岡の胸のうちを想像してみることだけだった。ただ、それはきわめて注意深くしまいこまれていて、吉岡の表情や声の調子として単純にあらわれてくるものではなかった。

「あのコンクリート柱は、今週末の夜間工事で撤去《てっきょ》されることになっているんだ。線路の高架化にともなう工事で、いずれ踏切もなくなる。最後に拝《おが》んでおきたかったんだけど、ひとりでくると感傷的になるから、なんの縁もない井上につきあってもらったんだ。悪く思わないでくれ。」

「悪いなんて、なにも。」

「……どうしてあんなのを墓標にしたんだろうな。自分の持ちものが小さいと白状しているようなものだよ。」

その軽口に、いくらかおくれて反応した音和を、吉岡が非難した。

「すぐに気づけよ。云ったほうが恥ずかしくなるじゃないか。」

「まじめな話だと思っていたのに、」

「まじめだよ。身のほどを知っておけということさ。それと、」

吉岡はわざとひと呼吸おいた。そうして笑みになる。

「おれなら、もっと頑丈《がんじょう》でしぶといのを選ぶよ。自分にふさわしいように。」

こんどは音和も笑い声をたてた。

「笑ったな。」

「真顔《まがお》で云うから、」

「そうじゃなくてさ。河井が云ってたんだ。転校してきてから、井上が笑うところを、まだ一度も見ていないって。」

「……無意識でした。」

「それが危ないんだよ。意識しろ。」といって吉岡は頭上へ手をのばし、空中に指で円を描いた。「頭のこのへんに、目があるつもりでいろ。そうすれば、自分がよく見える。」

帰り道は、先ほどのぼったときとはべつの坂道へでた。そこは渋滞《じゅうたい》こそないが、大型車も通る。かなりの勾配《こうばい》があり、低地の一帯のはるか遠くまで街のあかりが見えている。空にはまだ、うす青いところがある。雲ひとつなく澄みきって、吹きガラスのように精巧だった。そうしているあいだにも、またたく光がふえた。たいらな家並みのなかに暗く盛りあがった小山が横たわっている。そこだけは、ひとつのあかりもない。

坂道をくだってゆく車のテールランプが、とちゅうで見えなくなる。ストン、と低地へ落ちこむ崖地なので、坂の中腹あたりに死角ができる。その先のたいらになったところで、車はまた姿をあらわすのだった。

「バーガーショップへいくんですか？　……きょうは持ちあわせがないんですけど。」

音和は夏休み以降、こづかいを減らされたわけではないが、父の収入減は認識していたので、節約のためにふだんは財布を持ち歩かないことにしていた。

「あれは冗談だよ。それに、きょうは定休日だ。だけど、知っておいて損はない店だから、こんど案内する。夕飯を勝手に食べろ、と親が云ってきたときに便利なんだ。うちは共働きだからさ。」

「ぼくの家もそうです。……いまは父だけですけど、」

音和はそこで口ごもった。いったん話題にすれば、際限なく説明が必要になることを思って、おっくうになったのだ。むろん、その説明は音和が自分の境遇をなぐさめるために必要なのであって、吉岡が知りたがっているわけではない。

「云いたくないことは、だまっておけ。」

助け舟がだされ、音和はほっとした。吉岡は坂の下の道を右折して道なりに歩けば西原町にでると説明したあとで、悪いがスカッとしたいから先にいかせてもらうとわびて、自転車で勢いよく坂をくだっていった。

あの墓標の前でこらえていた涙を、いまは自分にゆるしているのだろう。音和は遠ざかる背なかを見送りながら、そんなことを思っていた。坂をくだりきったところで、吉岡はふりかえらずに手をあげて合図をよこした。音和が後ろ姿を見送っているのを承知しているのだった。

ここに目があると思え、と云ったときとおなじように、空をさしている。ついさっきまで雲ひとつなかったところに、翼をひろげて翔ぶ鳩にそっくりの、ほの白い雲が浮かんでいた。

転校以来、音和はふきげんに過ごしていたわけではなかった。むしろ、環境が変わったことを楽しんでいるつもりでいた。「意識を変えろ」と云った河井のことばも胸においてある。だが、笑っていないことには気づかなかった。まもなく吉岡の自転車は見えなくなった。

坂をのぼってくる車のヘッドライトは探照灯《たんしょうとう》のように空を向く。おかげで、坂の上は明るく、遠景をよく見渡せない。斜面に植えられたケヤキの大木にも、景色をさえぎられた。段丘からの遠望を堪能したかった音和は、その坂をくだらずに、しばらく台地のへりにそって歩いた。だが、マンションや住宅にふさがれ、たびたび遠まわりしなければならなかった。

音和は路地を見つけるたびにはいりこんで、台地からのながめに期待した。だが、どこも立ち木や家の壁があり、彼の望むような景色をさずけてくれなかった。斜面にさしかかる前にとぎれている道もあった。

あきらめかけたころ、小さな坂道をみつけた。傾斜をやわらげるために、道がうねっている。車は進入できないように金属製の杭《くい》をうがってあった。S字の短かいカーブをまがったさきで、視界がひらけた。

ちょうど正面に、音和が先ほどながめた小山がある。それが、きょうの通信訓練の放鳩地《ほうきゆうち》のひとつであったS山なのだろうと思った。もう残照《ざんしょう》もとどかず、黒々としている。かろうじて木々におおわれているのだけはわかった。

そのS山の後方に、またべつの丘が、うっすらと見えている。それは学校のある崖地とおなじく、ほぼたいらな稜線《りょうせん》を持っているが、西よりになるほど標高が高くなり、けわしい山地へとまぎれてゆく。夕闇が濃くなるにつれて、墨色《すみいろ》に立ちあがる雲の峰《みね》と見わけがつかなくなる。

光の網をたぐりよせつつ遠のく太陽のあとを雲が追いかけ、朱にそまった空もろともにひとつの滝口へと流れ落ちてゆく。雲は暮れなずんだ空にうろこをならべ、しあげに金の糸でふちかがりをほどこされた。空の下では家々の屋根がさざなみのようにひろがっている。

地理的に海など見えないことは、音和も承知だった。だが、坂道が急な角度でくだってゆくその張りだしにたたずみ、両側にならぶ家の軒のあいだに目をこらすとき、そこにはまぎれもなく海があった。

金の糸で縁どられた雲がしだいにかがやきを失うのとは逆に、空の藍色《あいいろ》は深まってゆく。低地の一帯も、うす闇にとけこんで、ひとつひとつの見わけがつかなくなる。街灯の光は目立ってあかるくなった。

ひろがる夜の海に、光がまたたく。遠景にあるマンションの常夜灯《じょうやとう》がともり、にわかに存在感をました。階をかさねるごとにセットバックしてゆくフォルムなので、それはちょうど沖合に停泊《ていはく》する客船のようなシルエットとして浮かびあがった。エンジン音が上空をよぎってゆく。

朱色にそまった西のそらに、いく筋もの針のように光る飛行機雲が見える。そのうちのひとつが、まだ雲の尾をひきながら、伸びている。夕映えをあびた機体の金属が、一瞬だけ暮れかけた空にかがやいた。音和はその高みまで翔んでみたい気がした。

9　S山

翌日の放課後、音和は河井をつかまえて、坂の上からながめた山のことをたずねた。夕景のなかのそれはずいぶん大きく感じられたが、学校の校舎からは山らしいものはなにも見えなかった。その方角に、例の客船のようなマンションがあって、遠景をさえぎってしまうのだ。山の高さが、それほどでもないことを意味した。

「あれはS山といって、標高七十九・六メートルと地図に表示されている。もちろん、古墳《こふん》ではなく、自然の山だよ。」

河井にそう教えられ、音和はついきのう、坂道から見たばかりの風景の記憶をたどった。夏前まで、高台のマンションの九階と十階のメゾネット式の家に住んでいた彼は、ルーフテラスから肉眼で見る景色の、おおよその距離や高さを測ることに慣れていた。彼の経験にてらせば、S山はせいぜい三十メートルほどの高さでしかなかった。

「……そうすると、見かけの高さと実測に差があるのは、ふもとでもすでに標高何十メートルかであるということですね。」

「そのとおりだ。さすがに実用書マニアだけあって、実際的だな。このあたりは低地でも、標高は五十メートルくらいはあるんだ。そのぶんをさしひけば、S山の高さは三十メートルほどだ。それでも富士山はよく見える。」

「以前に住んでいたところは、高台でしたが標高は二十五メートルくらいでした。富士山は、かけらも見えませんでした。」

「だろうね。東京の地形は東京湾にむかって傾いているんだ。川が流れてゆくんだから、当然でもあるが。東京でいちばん高い雲取山《くもとりやま》が、おおよそ標高二千メートル、青梅《おうめ》までくだると二百メートルになり、K市の台地では七十メートルほど、低地で五十メートル、都心の山の手で二十五メートル、東京駅が四メートルだ。これでも、山地にくらべればなだらかな坂ぐらいの傾きだろうが、この上に住んでいる者としては、沈んでいるという印象だよ。とてもじゃないが、平野の一部という気がしない。山手線の沿線はどこへいっても坂ばかりだ。窓からのながめも、山あり谷ありで、どこもたいらなところがない。歩けばなおさら複雑だ。広重《ひろしげ》が描いた江戸百景は、けっして誇張《こちょう》なんかじゃない。深い谷も、そりかえるような上り坂も、とどろく瀑布《ばくふ》も、夜ともなれば漆《うるし》のように横たわる沼地も、みんなそのとおりにあったということさ。」

東京が、平野の一部とは思えない地形であることは、音和も感じていた。山の手では、台と坂と谷がつく地名が多い。沼や川のつく町もたくさんある。むろん、その昔は地形もその名のとおりであったのが、いまは道路や建物におおわれてわかりにくい。沼や川の大半は、もとの姿をとどめていない。

それにくらべれば、この武蔵野地区の地形は、はるかにさっぱりとしてわかりやすい。坂は崖地に集中し、そのほかはたいらなところが多い。平野の一部であるのもなっとくできる。

きのうS山の後方に見えた丘陵までは、十キロほどの距離がある。奥多摩の山地とあわせて、この一帯の崖地の対岸にあたるようにも見えた。

「この崖地は川にけずられてできたものですか?」

「まさに、そのとおりだよ。ここは堆積物《たいせきぶつ》でできた扇状地《せんじょうち》だったところが、川の氾濫や侵食によって台地になったんだ。この武蔵野台地の対岸にあるのは多摩《たま》丘陵といって、いちばん古い時代にできた段丘だ。これは川ではなく海がつくった。まずは二百万年前の地層があって、そのうえに十二万年くらい前の地層がのっている。のる、というのは地質的には堆積のことだから、そこまで海に沈んでいたという意味さ。今の何倍も大きい古東京湾《ことうきょうわん》があった。やがて氷河期になり、各地で海水が氷《こお》った。海面が遠のいて陸になり、谷ができ、川が流れ、大地をけずる。ふたたび気温があがればまた海になる。そんなふうに氷河期をいくどかくりかえすあいだに、川も流れを変え、あるいは氾濫して、段丘をきざむ。そのあいだにも列島じゅうは火山の噴火で激動し、火山灰がふりつもった。武蔵野台地を太古の多摩川がけずって、この崖下の低地ができたのは三万年くらい前といわれている。そのさい、どうしたかげんか、あのS山がのこされた。だから、S山と学校が建っている崖地はもともとおなじ平面にあったんだよ。やけに壮大な話になってしまったけれど、そういうことなんだ。あいにく学校からは建物のかげになってS山は見えないが、方角はわかる。というのは、放鳩した地域にかかわらず、鳩たちがいつもその方角から鳩舎へもどってくるからなんだ。」

「どの鳩もですか？」

「この鳩舎で訓練ができている鳩は、まだ七羽ほどなんだが、帰還が速い鳩ほど正確にS山を経由して北上してくる。そのほかの鳩も、S山を目印にしているようなんだ。」

「理由はわかっているんですか?」

「いや、残念ながら。たぶん、専門家でも答えられないさ。前にも云ったとおり、鳩にはまだ謎が多いんだ。ただ、いくつかの点で、推測できることもある。鳩にかぎらず、鳥類はみんな、紫外線《しがいせん》を感知できる。たとえば、われわれの目では、カラスの雌雄の区別はつかない。ところが、鳥類にはわかるんだ。カラスの雄の羽は紫外線に反応して、ずいぶんハデにかがやくらしい。だとすると、地表も人間の目で見るのとちがう色調をおびている可能性があるだろう。古い地層には古い磁気も閉じこめられている。ひょっとすると鳩は、その磁気をとらえているのかもしれないんだ。」

河井からそんな話を聞いて学校をでた音和は、その足でもう一度、低地を見わたせる坂道をのぼった。このあいだよりも、まだだいぶ明るかった。そのぶん、景色はぼんやりとしている。客船のようなマンションも、あかるいうちはさほど大きさを感じさせない。

音和はそのマンションの高層階の廊下からならば、太古の川にえぐられた台地と、のこされたS山の両方を、パノラマのように見物できるのではないかと思いつき、そこまで足をのばしてみることにした。

マンションまでの距離を、徒歩十五分くらいと目測した彼の予想どおり、坂をおりてしばらく歩いたところで、マンションを目前にした通りへでた。音和は道路をはさんだ向かい側の舗道で、建物を見あげた。

夕暮れが迫り、マンションの影が背後に大きくひろがっている。四車線の道路を優にこえて、音和が信号待ちをする足もとの舗道をのみこみ、さらに後方の緑地のうえにおおいかぶさった。影の外は、まだ日ざしをうけて明るい。

そのとき、マンションのエントランス前に自転車がすべりこんできて止まった。乗っていた男は前かごの袋を手に持ちかえ、マンションの玄関へと向かう。うす闇のなかでも、音和にはその男が父だとわかった。歩きだすときの姿勢や、エントランスの階段をのぼるちょっとした身のこなしに、必要のない繊細《せんさい》さと洗練というものがあって、それがこの状況にまるで場ちがいなのだった。

だが、こんな仕事でさえも投げやりにではなく、自分の型をくずさずにこなす父の姿は、弱々しくはなかった。それが音和には救いだった。

父はまもなく自転車のところへもどってきた。セキュリティの厳重なマンションでは、通りすがりの訪問者は郵便受けのある玄関ロビーにすらはいれない。父と音和がかつて暮らしたマンションでも、住民のプライヴァシーと安全は高額の管理費とひきかえに守られていた。だが、ふたりともいまは、そうしたシステムに拒絶される側になっている。非常階段から夕景をながめるつもりでここまで来た音和だが、おそらくその出入口にも生体認証システムなどがついているだろうと悟《さと》った。

父は地図をひろげ、なにかを書きつける。ていねいに地図をおりたたんだのち、ふたたび自転車を走らせ、通りをそれて住宅地のなかへはいっていった。音和は、マンションの影のなかにとどまっている。日暮れにあわせて常夜灯がともり、ひさしや雨《あま》樋《どい》などのよぶんなものが暗がりに失せるにつれて、そのかたちはますます客船に似てゆくのだった。

上空にはまだ、うす青い空がのこっている。それをとりまくように灰色の雲があつまっていた。塒《ねぐら》へ急ぐ鳥が、二、三羽ずつ競いあっておなじ方向へ翔んでゆく。そのさきに密集した木立がある。仲間におくれた一羽が、鳴き声をたてながら翔んでゆく。すると、どこかでちゃんと応じる声がする。

さらに高い空を、もうすこし大型の鳥が翔んでいた。その高さなら、残照に照らされたところと、すでにかげったところの境界線が見えるだろう。

音和は高みの鳥を目印に、そこまで意識を上昇させようとこころみた。鳥が眼下《がんか》に見るのとおなじように、暮れゆく町並みをながめる。だが、からだを置きざりにするのは、むずかしい。きのうの夕暮れに吉岡が頭上を指さして、ここに目があるつもりで、と云ったその高さまでも、意識を持ちあげるのは楽ではなかった。

入り日は、山の稜線に没するまえに雲がつくる偽《にせ》の山にさえぎられて見えなくなる。青黒い雲の山の中腹がうす目をあけたようにひらき、そこから太陽がのぞいた。紅《くれない》が雲のなかへしみこんでゆくのをしばらくながめ、音和はアパートへもどった。

10 雨の夜

十月になった。父の帰宅がすこしずつ遅くなっている。週のうち何日かは、祖母が昼のあいだに訪れて、布団を日に干し、保存のきくおかずを作りおきしてくれる。音和はそのおかずをあたため、炊飯器で保温されているご飯をよそって、ひとりで食べた。今夜は、炊きこみご飯だった。

午后八時を過ぎて、両手に重たげな袋をさげた父が帰宅した。音和は、茶碗と箸を食卓にならべたが、父はあとにすると云い、手さげ袋から印刷物をとりだして、一枚ずつ折りたたむ作業をはじめた。伯父のフォトスタジオの宣伝チラシだった。藤倉しのぶが持ち帰ったのとは、すこしデザインがちがう。

音和は父にかまわず風呂にはいったが、出てきたときも父はまだチラシを折っていた。彼が風呂あがりに食べるつもりで切りわけておいた梨をつまんでいる。音和は麦茶をついで、父のまえにおいた。そのうち、ふたたび立ちあがった父は、コートをはおった。

「でかけるの?」

「ああ、まだ仕事がのこってるんだ。遅くなるかもしれないから、先に寝てろ。」

父はそう云って、袋をさげて玄関からでていった。音和には父の仕事がなにかの察しがついた。窓からのぞいた音和は、父が自転車の前かごに手さげ袋をいれて、でかけてゆくのを目にした。

アパートは大家の家があるのとおなじ敷地に建っている。一階は倉庫で、二階に三室あったが、ほかの二室は空き部屋で、住んでいるのは音和と父だけだった。建てかえの予定があって貸すのをやめていたところを、期限つきで安く借りたのだ。

大家の家の台所の窓が、アパートのほうを向いている。テレビの天気情報の音声だけが聞こえてくる。降水確率は四十パーセントだと云う。今夜、寒冷前線が東京の上空を通過するのだ。音和は傘をつかんで、アパートの階段をかけおりたが、父はもう走りさったあとだった。追いかけたくても、音和は自分の自転車を持っていなかった。

父がでかけてしばらくのち、湿った風が吹きはじめた。音和は窓をしめながら、学校のある台地の上空に、重々しく雲がたれこめているのを目にした。厚い雲のなかがときおり閃《ひらめ》くのは、そこに雷雲があるからだった。

部屋のなかには、まだ手さげ袋がひとつのこっていた。印刷所から配達されたままのクラフト紙につつまれた束がはいっている。音和はそのなかからひと束をとりだしてほどき、父がしていたように、投げこみのサイズに折りたたんだ。やはり、以前に目にしたものとはちがう仕様だ。

記念写真を特製のフレーム仕上げにするサービスつき、と書いてある。赤ん坊の写真ならばスワンやカナリアなどの鳥とリボンをあしらったもの、七五三の写真には、金や銀の縁かざりのついた胡蝶《こちょう》やクジャクのもようがつく。古風にかたよらず子どもじみてもいない絵柄が選ばれ、それなりに洗練されているのは、音和にとって意外だった。

彼もまた、伯父の商売の俗《ぞく》っぽさをひそかに批判していたのだが、本館のほかにスタジオを新しくかまえるほど繁盛《はんじょう》しているということは、それなりに人の心をつかんでいるのだ。おかげで父も、失業を免《まぬが》れた。

近隣の家で雨戸をたてる音がひびく。雨がふりだしたのだ。まもなく、激しい雨音に変わった。音和は父の自転車がもどってこないかと耳をそばだてたが、雨音にかき消されてなにも聞こえない。

三百メートルほどさきの神社の参道入り口に、自動販売機といっしょに公衆電話がある。音和はそれを思いだした。午后九時半をまわったばかりだったが、隣接する大家の家はすでにひっそりとして、電話をかしてほしいと云うのは気がひけた。音和は公衆電話を目ざして、雨のなかを走りだした。急ぐために、傘はささずに手にしたまま走った。

家をでたときは、河井に電話をかけるつもりでいた。だが、泣きごとを云うために番号を聞きだしたのではない。背なかを雨にうたれるうち、音和はなにかもっと強い自分でありたいと思いはじめた。強情で生意気な点では自覚のある音和だったが、それはたとえば厚く積もった堆積物のようなもので、いくらでも流動する。それらがぜんぶとりのぞかれたときに、のこるものが強くなければ意味がない。

夜だろうと雨だろうと、飲まず食わずで巣を目ざすという鳩のことが思いだされた。休めば危険がます彼らにとって、翔びつづけることが身を守るもっとも有効な手段でもあるのだ。感情的なふるまいなど、はいりこむ余地がないほどきびしい現実に立ちむかっている。

音和は、やみくもに走るのをやめ、傘をさして歩きだした。神社の参道前へさしかかったとき、前方に自転車のライトが見えた。街灯がそのあたりを照らしている。だから、たがいに相手がだれかをみとめた。

「……どこへいく?」

雨にぬれた父の姿は、音和に梅雨の晩のことを思いださせた。ただ、今の父には崖っぷちを歩いているような気配はなかった。ひらきなおったようすで、なかば平然と雨にぬれそぼっている。

「伯父さんに電話しようと思って、」

音和は気負いながらそう云った。河井に泣きごとを云わないときめたあとで、彼が決心したのは、伯父に直接抗議することだった。

「なんの用で？」

「だって、こんなのはフェアじゃない。おとうさんは、もっとまともな仕事ができるのに、それをさせないのはまちがっている。駅まえでのチラシ配りや、郵便受けへの投げこみなら、ぼくにもできる。……だから、ぼくがやると云おうとしたんだ。おとうさんには、ちゃんとした仕事をさせてほしい。」

伯父に電話をしようと決意したときの音和は、父への不当なあつかいに抗議することしか考えていなかった。自分にも何かができるとは、思っていなかった。雨にぬれながらも、音和をまっすぐに見つめる父の姿が、彼にそれを云わせたのだ。

父は笑みを浮かべた。それを見て、音和の緊張がゆるんだ。こらえていた思いが涙になる。いつのまにか傘を持つ手をおろしていた音和は、ふたたび雨にぬれていた。雨脚《あまあし》がはげしくなる。だが、その雨はここちよかった。

音和の手から傘をとった父は、それを息子にさしかけた。自転車の前かごの手さげ袋は、すっかり雨にぬれている。簡単な防水加工をしてあるが、雨はそれ以上にふっていた。

「それ、ぬらしたらまずいんじゃない?」

音和は手のひらでほほを拭《ぬぐ》いながら父にたずねた。

「たぶん、」

父は笑顔でこたえ、帰ろう、と音和をうながした。ふたりは雨のなかをアパートへもどり、ゆずりあったあげく音和が先に二度目のシャワーをあびに浴室へはいった。彼につづいて父がはいり、ようやく遅い食卓についた。まだ十一時にはならない。だが、この時間、大家宅は寝静まって、気配もなかった。雨音が弱まると、とたんに虫の鳴く声がした。

音和は、先ほど折りかけていたチラシを放りだしたままなのに気づき、あわてて片づけた。こっそり手つだおうとしていたのに、きまりが悪かった。

「心配をかけて、すまなかった。でも、私は平気だから。おまえもよけいなことで気をもまなくていい。自分のことに集中してろ。これでも、おまえが思っているよりはずっとタフなんだよ。とくに、伯父さんにたいしては。」

いつもの父の意地がでる。

「そういう態度だから反感を買うんじゃないの?」

「おとなしく頭をさげれば、よけいにたたかれるだけさ。……子どものころから、そういう兄だった。」

「憎《にく》しみあってるの?」

父は小さく笑い声をたてた。

「ただの兄弟ゲンカだよ。いまは借金があるから、ほんとうのケンカはそれを返してからだ。そう思って辛抱《しんぼう》してる。それに、いつまでも兄の世話にはならないさ。」

音和はようやく、自分が考えるほど父はこのチラシ配りを深刻に受けとめていないのだと安堵《あんど》した。

「可愛げのない弟だね。」

「おたがいさまだ。六歳ちがいの弟に、バスでも新幹線でも飛行機でも、窓側の席を一度もゆずったことのない兄だよ。われわれの亡き父親は、……音和が好きだったおじいちゃんは、兄にも私にも小学生のときからひとつずつカメラを持たせてくれた。だが、旅行先からもどってフィルムを現像にだすと、私のはきまって感光していて、プリントができないんだ。寝ているあいだに、兄がカメラの裏ブタをあけるんだよ。証拠はなかったが、ほかに理由は考えられない。そういう兄と、どうして仲良くなれると思う？」

「それもゆがんだ愛情表現なのかも。」

「わかったふうな口をきくなよ。その手の知らなくてもいい俗な云い草を、いったいどこから仕入れてくるんだ？」

おとうさんの書棚にあったミステリー、とは答えず、音和はべつのことを口にした。

「ぼくにもきょうだいがいれば、おとうさんの気持ちも、もうすこしわかったと思うけど。」

「……もし弟か妹がいて、彼か彼女がおかあさんと暮らしたいと云ったら、おまえも向こうへいったんだろうな。」

「そのほうがよかった？」

「私が訊《き》いているんだよ。父親の仕事が自分の生活圏でのチラシ配りだなんて、がっかりだろう？」

「……ぼくは、」

この父を好きだと、いまなら迷いなく答えられる。自分たちの都合だけで離婚話を持ちだした両親に腹をたて、意地をはって、好きでもない父といっしょに暮らすのだと思いもしたし、態度にもあらわした音和だったが、かつてのぜいたくさのかけらもないいまの暮らしが、さほど苦にならないのは、身近になった父が、ありのままの姿を示してくれるからだった。

「……いまのおとうさんのほうが……好きだから。かっこうつけているときより、ずっといいよ。」

父は箸をおき、ありがとう、と頭をさげた。そのとたん、音和の目に涙があふれた。父はタオルをさしだした。

「チラシ配りは、私が志願してはじめたことなんだよ。サービスでつけているフレームのデザインを変えたほうがいいと提案したら、伯父さんはサービスなんだからデザインに凝《こ》る必要はないと云いつつも、企画は承認してくれた。そのかわり、効果があがったとはっきり数字に出ないときは、新しいフレームとチラシの製作費を給料からさしひくと云われた。」

「筋は通ってるね、」

父は軽快な笑い声をたてた。「なまいき云ってないで、もう寝ろ。」


音和はたたみの部屋に布団を敷いた。昼のあいだに祖母がきて、日にあてておいてくれた布団は、まだ温かさがのこっていた。音和はほほをあてながら、声をはずませて父をよんだ。

「おとうさん、この布団、ひなたの匂《にお》いがするんだよ。」

「……それが、うれしいのか?」

「うん、うれしい。すごく気持ちがいい。」

「もっとはやく知りたかったよ。おまえをよろこばせるのが、そんなに安あがりなことだったとはね。」

「ぼくも、ひなたの匂いがこんなにいいものだなんて思わなかった。」

音和は、しばらく布団にうつぶせていた。彼が味わっていたのは、ひなたの匂いばかりではなかった。意識のなかでくすぶっていた父への不満やわだかまりが融《と》けてゆく、そのここちよさをいっしょに味わった。

II 野川

「つぎの通信訓練はどうする?」

訓練計画をたてるのは部長の仕事だった。河井にたずねられ、音和は地図をひろげた。

「ぼくの個人的な興味なんですけど、S山と崖地の地形をならべてながめてみたいんです。坂道から見えるマンションへ行ってみましたが、玄関ロビーがオートロックになっていて、はいれませんでした。あそこなら、東西に長くのびた崖地のようすとS山の両方を一望できると思ったんです。」

「それはつまり、空想ではもの足りないということかな?」

音和はうなずいた。

「もの足りないというよりは、補《おぎな》えなかったというべきなんですけど。眺望を得るために意識を上昇させようとしましたが、うまくいかないんです。現実のからだの重さがじゃまをする。」

「夢で翔んだことはある？」

「あります。でも、地面をこするくらいの低空飛行で、手も足も重くて動かすのがやっとです。それ以上はどうしても上昇できませんでした。目をさましたら、ぐったり疲れていました。」

「わかるよ。翔ぶ夢は、たいてい疲れるんだ。実際、人間が翔ぶには体力が足りない。鳥類が翔べる理由を考える場合、羽があることや体重が軽いことを重要視しがちだけれど、忘れてならないのは、きわめて効率よく体内へ酸素をとりいれるシステムを持っていることなんだよ。それによって鳥類は、ときに毎分数百回をこえる心拍数《しんぱくすう》を、長く維持できる体力を確保しているんだ。人間が現在の百分の一くらいの体重になって、腕のかわりに羽を持っていたとしても、肺の機能がこのままでは、いくらも翔べない。筋力も足りない。鳥類は体重のおよそ三割が筋肉なんだよ。だから、人間はどんなに体重が軽くなっても、航空機を開発しただろう。」

「ここの上空を飛んでいるような小型機は、真下がよく見えないそうですね。」

「空が見えるんだ。井上としては、気球あたりが理想なんだろう?」

「そこまでは望みませんが、マンションの七階か八階なら、ちょうどいい高さのような気がします。」

「見たい風景はつくりだすものだよ。カイトでも気球でも、好きなものに乗ればいい。……でも、手がかりがほしいなら、あるにはある。」

そう云って、河井は音和がひろげた地図に印をつけた。東京G大学と書いてあるところだ。

「ここには八階建ての建物がある。国立大だから庭や学生食堂はだれでも利用できるが、講義につかう建物の見学には許可が必要だ。ただ、この季節はつごうよく学園祭があって、その日なら中学生でも建物のなかへはいれるよ。」

河井の助言をうけて、音和はつぎの通信訓練を東京G大学の学園祭にあわせることにした。学校からは直線で五キロほどの距離だ。道を歩けばもうすこし遠くなるが、空を翔ぶ春生まれの若鳩たちにはちょうどよい訓練になる。部員たちは自転車でいく。

音和は自転車がないので、ひと足さきに出発して徒歩で大学へ向かうつもりだった。

その場合、自転車組のリーダーは副部長の山田になる。それを不安に思ったらしい淳也が、全員で歩いてゆきたいと云いだした。いつも鳩の帰還を待ちかまえる役だった彼は、このたび、はじめて通信訓練に参加するのだ。

「山田先輩は、決断できない人だから心配なんです。」

昼休みに音和のところへやってきた淳也はそう云うのだが、遠慮《えんりょ》がちな声の小ささにくらべて人物評価はきっぱりしている。

「でも、きみたちはよく知った道で、迷う場面もなさそうだけど。」

音和は、山田の立場を思ってそう云った。

「だれかが転んでケガをしたら、中断するか先へ進むか、山田先輩には決められないと思います。」

「金魚の動きを見きわめるのは得意なのに？」

「あれは判断ではなくて、反射です。」

おとなしそうな顔をして厳しい指摘をする下級生に、音和は云いすぎだ、という表情をしてみせた。淳也も、自分で承知していたようだ。きまり悪そうに、目をふせた。

「すみません。いまのは姉のうけうりです。」

「ぼくに謝らなくてもいいよ。ただ、しのぶ先輩とぼくらでは立場がちがう。それは意識しなくてはいけないんだ。うるさいようだけど。」

音和としてはめずらしい口だしだった。人のことなど気にかけない生きかたのほうが楽だと思い、そうふるまってきた。その考えが変わったのは、すこしずつ河井や吉岡の影響をうけているからだ。彼にとって、まだあつかい慣れないものではあったけれども、新鮮さを持っている。意識を変えろ、と河井に云われた。これもそのひとつなのだ。

淳也は、不安そうに顔をあげた。それに笑顔でこたえて、音和はあたらしい提案をした。

「予報では当日の天気もよさそうだから、野川にそって歩いていこう。」

変更を伝えられた山田は反対をするわけでもなく、道中も音和がいっしょのほうが気楽だという顔だった。山田はなにごとも単純に考えるという長所を持っていて、よぶんな深読みだの詮索《せんさく》だのをしないおおらかさがあった。ただ、淳也が不安がるとおり、あまりにも見通しがよすぎて、ときに手のうちをかくすことも必要なリーダーには向かない性格だった。

十月の下旬、音和は新聞部の新部長として、はじめての通信訓練にでかけた。淳也ともうひとりの一年生の中村がそれぞれ世話をしている春生まれの若鳩をキャリーバッグにおさめた。あばれて翼をいためないように、布で包みこんでバッグに固定する。放鳩地まで自転車で移動することが多いので、部員たちが工夫してデザインを考え、手芸部にたのんで作ってもらったものだ。

音和の肩にはコマメが乗っている。あいかわらず翔ぶ気はなく、つかまっているだけだが、音和の歩調にあわせてバランスをとっているのはたしかで、微妙《びみょう》に脚の位置を変えたり、爪《つめ》をたてたりする。半分眠ったような顔をしているときでも、音和の肩から転げ落ちることはなかった。そこはやはり鳥なのだ。

顧問の河井と待機組の部員に見送られ、音和と山田、それに一年生ふたりは、徒歩で東京G大学へ向かった。十月もなかばをすぎると、肌寒い日もあるが、この日はよく晴れて気温も高めだった。

転校生で土地勘《とちかん》のない音和でも、大学までの道のりはわかりやすい。野川にそってしばらく歩き、ローカル線の架橋をくぐったら、川べりの道をはなれて線路ぞいを南下すればよい。大学に隣接《りんせつ》して、小型機専用の飛行場がある。

転校するまで都心で暮らしていた音和は、こんなところに都営の飛行場があるのをまったく知らなかったが、いまではもう、ブウゥゥン、とうなりながら飛ぶエンジンの音は聞きなれた。八丈島《はちじょうじま》へ飛ぶ定期便もあるが、そちらは、ガリガリと空気を掻《か》く音がまじる。軽やかな音をひびかせるのは、個人所有の自家用小型機だ。毎日、だれかしらが空中散歩をたのしんでいる。

野川ぞいを歩くあいだにも、上空を旋回《せんかい》する小型機のエンジン音がひびいた。気持ちがはずむ音だった。少年たちにとってありがたいことに、川べりには遊歩道があり、道中のほとんどは車が通らない道を、のんきに歩けた。川が市内の主要な道路と交叉するときだけ、車に注意すればよかった。

川べりの桜は紅葉の季節をむかえ、黄色と紅《あか》のまじった虫食い穴の目立つ葉を茂らせている。両岸の桜の枝がかさなりあったトンネルのなかで、数羽の鳥が追いつ追われつするような遊びに夢中になってたわむれているのだが、木もれびにまぎれて姿は見えず、しきりに翔びかう気配だけしている。

そのうち、葉むらを突きぬけた鳥たちが、青空のもとにでてきた。ひくく翔ぶ鳥たちがひろげた翼には、あざやかな朱色の羽があった。それは太陽を透かして見た色で、ちかくの畑に舞いおりた彼らの翼には、目につく色がない。朱色の羽はあるのだが、草地にとけこむ暗い色調になっている。空中とちがって地上では目立ってはいけないからだ。光を透かして見た銀朱のような色は、彼らのとっておきなのだ。

コマメも鳥たちの動きを追って、目を見ひらいた。その目に空が映りこみ、音和の肩をつかむ脚にも力がはいる。だが、自分も翔んでみようという気はまだ起こらないらしかった。

遊歩道にはレンガ色の敷石がならべられ、植樹されたのがあきらかな低木が配置されている。だが、土があれば草も生える自然のなりゆきで、すこしの隙《すき》でも雑草はぬかりなくはびこっている。低木にからみついて、日ざしがあたる特等席を横どりする厚かましいつる草も目についた。

　遊歩道から林のなかへそれてゆく道がある。林全体が小山のような盛土のうえにあって、ひとりがやっと通れるくらいの道がそのなかへつづいていた。舗装もなく土があらわになっている。音和にはめずらしいそんな小道も、ほかの部員には見なれた風景のひとつだ。気をとられるふうもなく進んでゆく。音和は山田をよびとめた。

「この道を歩いてみたいんだけど。私有地かな。どこへぬけるか知ってる？」

「崖のほうへでるんだよ。私道かもしれないけど、いつも通ってるから平気だ。地主はなにも云わないよ。ただ、蛇《へび》がいるかも。あと、スズメバチも。」

「それって、あきらめろってこと？」

「いや、ぜんぜん。云ってみただけ。」

たくらみなど、まるでない顔だ。

「じゃあ、この道にする。」

　栗林に隣接する道だった。ひくい垣根をめぐらしてあって、林に立ちいることはできないが、収穫するための栗でもないようだった。実のはいったままの毬《いが》がたくさん落ちている。垣根の外に転げでた毬や、手のとどく範囲の毬は、たいてい空だった。山田が毬をけとばした。

「このへんの栗は茹《ゆ》でてもうまくないんだ。なのにやたらと栗林ばかりあるんだよ。」

道には蛇もスズメバチもいなかった。まもなく舗装した住宅地の道路に合流した。細い水路があらわれ、流れをさかのぼってゆくと崖のところで地面の下へもぐった。

「湧き水を野川へ誘導する水路だよ。水路をつくっておかないと、どこへでも勝手に流れるんだ。」

山田が説明した。一帯の地面がぬれているのは、近所のだれかが水まきをしたからではなく、崖のほうから自然に水がしみだしているのだ。

しばらく崖にそって歩いてゆく。野川は住宅地のなかにかくれて見えないが、崖のつづく方向へ流れているはずだ。

崖は南向きの斜面でも、木立におおわれて日かげになっている。緑の濃いところでは、わずかな木もれびがあるだけだった。枝は道のほうへも伸びて木かげをつくり、湿気を養って土の匂いをたちのぼらせた。古めかしい門がまえの家は、たいてい崖地のぜんぶを所有して、住宅はその斜面のうえのほうに建っている。

いっぽう、雑木林を伐採《ばっさい》して造成した土地もある。まだ作業がすんでいないところでは、けずりとられた崖の断面に浅い海だった時代の地層がつかのま姿をあらわしている。しかし、そこはふたたびコンクリートでおおわれてしまうのだ。

地ならしがすんだ土地は日あたりのよい南斜面の宅地に生まれかわり、あたらしい家が建っている。白い外壁は、日をあびてまぶしく光る。

もし鳥たちが、地層に閉じこめられた古代の磁気をとらえているとしたら、彼らの目にはここが、海岸にそびえる白い崖に見えるかもしれない。

日あたりのよさを生かした大きな窓と庭さきのウッドデッキが目立っている。手すりに海鳥のかたちをした風向計《ふうこうけい》をとりつけているのは、この家の住人もやはりデッキチェアからのながめを海にたとえるつもりがあるのだろう。二階のバルコニーでは白い洗濯物がはためき、窓ガラスには実際よりも濃い色の空が映りこんで、雲の栖《すみか》となっている。

それでも、古い家の門屋根の瓦《かわら》がくずれたところから、すかさずつるをのばして茂るカラスウリのしたたかさのほうが、この崖地の風土にはふさわしい。

クスノキやモチノキの常緑樹が茂った道は、小暗いかげのなかにある。コナラやミズナラは見あげるほど高くのびて木の葉やドングリをふらせ、通行人の足もとでパリパリと音をたてた。

ひなたでは、鶏頭《けいとう》の花が肉のように紅《あか》く咲く。段丘のすそ野にそってゆく道は、いつしかひろびろとひらけた川辺へでた。向こう岸の背の高いイネ科植物の群棲《ぐんせい》は、はやくも枯れて黄金色《きんいろ》にかがやき、緑の草地のなかでひときわ目だった。草のしげみの深いところで、チィチィと鳴きかわす声がする。姿は見えない。だが、ちかよりすぎると、鳥たちはいっせいに羽ばたいて、三十センチばかり移動する。それからまたすぐに黄金色の草のなかに姿をかくす。

もはや川のそばに住宅はなく、野原がひろがっている。だから空もひろく、気持ちよかった。音和はここでも、光をあびるだけでなく、ひなたの匂いがするのを楽しんだ。土の地面が熱せられて、いくらかほこりっぽくはあるが、焦げたようなこうばしさが立ちのぼってくるのだ。彼がいままで知らずにいた匂いだった。

ふたたび野川のほとりを歩く。そこで橋をわたった。対岸は育樹園になっている。都内の街路に植える木々を育てているのだ。ムクノキやユリノキなど種類ごとにまとまって、行儀《ぎょうぎ》よく列をなす。赤い実を、たわわに実らせる低木もあった。

やがて鉄塔があらわれた。高圧ケーブルを通すもので、なみの電柱や電線をはるかにしのぐ高さで、空をわたってゆく。

都心と結ばれた道路もあり、鉄塔もある。飛行場もある。それでも、おおらかに晴れ晴れと澄んだ空があり、ぽっかり浮かんだ雲をながめるだけの場所もあるのだ。さきほどまで歩いていた崖の下の道が、今は川の対岸に見えている。実際以上に遠く感じられた。崖は段丘の側面だから、高さはほぼ均一のはずなのだが、樹木の茂りぐあいでスカイラインはいくらか波うっている。

少年たちは育樹園の木立のなかを進んだ。ゆく手に、高架線を走る電車が見えた。山手線の高架などよりずっとひくいところを走っている。しかも四両だけの単線だ。その線路のしたをくぐって、ひらけたところへでた。彼らの足もとでは、まだ深々と緑の夏草が茂り、地面はなだらかに起伏している。育樹園との境界がはっきりしないまま、いつのまにか都立公園にはいる。

車の走行する音が聞こえてくる。公園はそこでいったん道路に分断されるが、歩道橋をわたった先へとつづく。もう飛行場が近い。小型機のエンジン音がいちだんとひびきわたった。頭のすぐ上をかすめるように飛んでゆく。声をはりあげて話さなければ、たがいのことばがよく聞きとれなかった。

十月下旬の空はよく晴れて、雲はわずかしかない。鳥が羽づくろいのあとでのこした羽毛のような、白くうすい雲が、風の通り道に点々とならんでいるくらいだった。白い紙の一枚でも、風に舞っていれば目につきそうなほど澄んだ青空だ。上空はもうすっかり秋なのだった。

イチョウの黄葉《こうよう》がそろそろはじまって、幹のうえのほうの日あたりのよいところから黄色く染まってゆく。公園管理事務所のある広場には木のテーブルとベンチのほか売店やトイレもあるので、そこでいったん休憩した。

音和は通信を書いた。鳩のうち、一羽を放すことになっている。夏のあいだ、上級生たちが一年生を手つだって訓練してきた若鳩で、すでにひとり旅の経験もある。ただ、通信を運ぶのは今回がはじめてだった。

「河井先生へ。いまのところトラブルはありません。コマメは肩乗りのドライブを楽しんでいるようすで、野鳥を見ても翔ぶ気は起こらないようです。ただ、熱心にながめてはいます。

河原にしげった草のなかに、たくさんのスズメが身をひそめています。姿は見えず、声だけがきこえます。スズメと書きましたが、翔びたったときに、黄色の羽根がのぞく種類もまじっていました。足もとには、葉脈と茎《くき》の紅い草が生えていますが、これも名前がわかりません。

小さかったころ、よく散歩につれだしてくれた父方の祖父は、いちいち名前などおぼえなくともよろしい、それより観察しなさい、という人でした。だからぼくもそれを実践していましたが、正確な情報を短く伝えるには名前が必要だということを実感しています。井上音和。」

12 翔ぶ力

少年たちは、一羽目の鳩を放った。彼らが見あげるさきで、旋回しながら高度をあげてゆく。レース用の鳩の飼育本に、進路を定めるまで旋回しつづけると書いてあるとおりだった。鳩はおなじところを二分ほど飛んだのち、空中に描いていた弧の、いちばん南よりの位置から西へ向かった。

もし、音和が上空にあって、学校へもどる道を求めるなら、眼下の野川をたどってゆく。学校のある斜面の、わずか七、八十メートルほど南に野川があるのだから、蛇行をしているものの、川ぞいにもどれば迷うことなく、見とおしがよい点でも安全なルートだ。しかし、鳩には鳩の指針があるのだった。

山田が旋回する鳩をまねて、両腕をひろげて広場をぐるぐる走りまわっている。すると、音和の肩にいたコマメが片羽ずつゆっくりとのびをした。そののち、不意に翔んだ。肩から地面におりただけで、とても翔んだうちにはいらないが、わずかでも翼を羽ばたいてみせたのだ。

「コマメ、やっとその気になったのか？」

着地した場所で草をついばんでいたコマメは、音和がそばにしゃがむとすぐ腕によじのぼった。はじめて羽ばたいたことなど、なんとも思わない顔をしているのが、とぼけていておかしかった。

「まさかとは思うけど、山田の動きに触発《しょくはつ》されたのかも。仲間のつもりなんだ。こんどは、大きく羽ばたく見本をみせてやってくれないかな。」

「……いいけど、ひとりじゃいやだな。井上もいっしょにやろう。」

そう云う山田の表情には、なんの思惑《おもわく》もあらわれていない。音和が仲間にふさわしいかどうかをためすとか、気どりをからかおうとか、そんな意図は見えなかった。理屈はぬきで、単純にさそっているのだ。

音和はうなずき、コマメを淳也にあずけて走りだした。すぐに山田が追いぬいてゆく。

「鳩って、どうやって翔ぶんだっけ？」

走りながら山田がさけんだ。

「滑空《かっくう》はなし。いつも力強く上下に翼を羽ばたかせているんだ。急発進、急上昇ができる。左右の翼がふれあうほどふりあげ、おろすときは一枚一枚の羽に精巧なねじれが生じて、空気の抵抗を微調整する。筋力にすぐれ、体重の三割強もの筋肉をもっている。スピードレースに参加する鳩なら、毎分六百回以上も翼を羽ばたかせることができる。そのまま二百キロや四百キロを翔びつづけるんだ。」

それは音和が鳩の生態をしらべて得た知識だった。羽ばたくまねをして走っていた山田は、急に足をとめて前方を指さした。

「……あそこにネットがあるんだけど、」

「ネット？」

広場の一画にフィールドアスレチックのウッドタワーが立っていた。タワーとタワーのあいだに荒縄《あらなわ》でできたネットがはってある。タワーのいちばん高いところからネットまでは二メートルほどだ。山田はそこへダイブしようと誘うのだ。すでにタワーにのぼって、くさびのように打ちこまれた横木に足をのせている。

音和もあとへつづいた。山田は横木を踏みきって、ネットのほうへからだを投げだした。そのさいに腕をふりあげたが、下におろしたときにはもうネットに転がっていた。

ところが、直後にコマメがまた翔んだのだ。こんども淳也の肩から地面におりただけだが、滞空時間は最初のときよりも長かった。

「エライぞ、コマメ。その調子だ。……ほら、みんなもほめてやってくれよ。」

音和にうながされて、少年たちは声をそろえてコマメをはげました。

「じゃあ、こんどはぼくが。」

淳也がタワーによじのぼった。おなじ一年の中村もつづいた。音和はコマメを肩にのせて、タワーのそばで見物する。淳也は小柄なだけあって、動きも身軽だった。山田よりもいくらか長く空中にいることができ、そのぶん、腕をあげておろす動作もはっきりしていた。

コマメが翔んだ。こんどは翔びたつときに、後趾《あとあし》にぐっと力がはいるのを音和も肩で感じた。コマメは、からだのバネをつかうコツをつかんだのだ。

そのうち音和はコマメをタワーの横木にのせることを思いついて、ためしてみた。ねらいどおり、コマメはそこからも地面へ舞いおりた。だが、上昇はできなかった。部員もだれひとりとして、上昇する手本は披露《ひろう》できない。

「翔ぶのって、たいへんだ。どうやったら一分間に何百回も腕を上下に動かせるんだろうな。」

「腕じゃなくて、羽だからできるんだよ。それに、鳥には浮力《ふりょく》があるから、羽ばたいているうちに上昇すると思うんだ。……あ、いけない。もう三時すぎだ。出発しないと。」

音和は公園管理事務所の時計を見て、部員たちをうながした。目的地の東京G大学までは、そこからわずか数百メートルの距離だった。公園の門をでたあたりで、急に人通りが多くなる。学園祭がひらかれているだけあって、学生のほかに、家族づれや年配の人たちもまじっていた。

音和はコマメを肩からおろし、先ほど一羽を放ってあいているキャリーバッグにいれた。上昇できなくても、翔ぶ可能性がある以上は用心する必要があった。コマメはそこへ素直におさまった。ほんのヒナのときから、キャリーバッグには馴れている。獣医につれてゆくときにそなえ、部員たちがちゃんとしつけてあるのだ。

秋の午后の日暮れははやい。音和たちは、学園祭につきものの模擬店には立ち寄らず、眺望のある八階建ての建物に直行した。休憩地でひと遊びしたあとなので、だれからも文句はでなかった。

そこは吹きぬけのある構造で、ガラスの天窓からおそい午后の光がさしこんでいた。ホールにスケルトンのエレベーターがついている。そろって乗りこみ、最上階の八階でおりて、ながめのよい窓をさがした。吹きぬけのホールに面した廻廊《かいろう》はすべて内向きで、そこからは外の景色は見えない。研究室と書いてあるドアが、いくつもならんでいる。ところどころに非常口やテラスへの通路をかねた、ちょっとしたスペースがあった。その場所は学生の自習室でもある。学園祭の最中だったが、机に向かう学生がいる。少年たちはそこを遠慮して、ほかの展望場所をさがした。

建物の両サイドに階段ホールがある。ガラス窓が大きくひろがって、外の景色がよく見えた。正面の緑の丘が目についた。稜線は山なりではなく、同じ高さで壁のようにつづいている。

その不思議な緑の壁こそ、河岸段丘の姿だった。日ごろ、学校の斜面でなじんでいるのに、遠くからのながめにはめずらしさがある。樹木におおわれて地肌は見えないが、その丘は学校が建っている赤土の崖地とひとつづきなのだ。太古の川が台地をけずり、そのうえへ火山灰がふりつもった地質時代から一万年も変わらずにそこにある風景だ。

隆起でできた山とはちがう。台地とは、まさに台であり、たいらな崖が横に長くのびている。いまや断面は緑におおわれ、全体がうっそうとした森であるようにも見えた。だが、よく目をこらせば、台地のうえにある駅付近の高層の建物が、緑の尾根に見えかくれする。

階段ホールのガラス窓は、北から東に眺望がひらけている。北は、今見たとおりの台地の断面があり、東には飛行場の滑走路がある。ほこりですすけた窓ごしに、格納庫と管制塔と空港施設がならんで見えた。吹き流しがはためいて、風が強いことをしらせている。

その窓から、S山は見えなかった。やはり、先ほどの学生たちの横をすりぬけて外のテラスに出るほかはない。音和はそこまでもどり、リーダーとしての責務《せきむ》をはたすことにした。机に向かっている学生のひとりに話しかけて、テラスへ出る許可をもとめた。学生は、風が強いから気をつけて、と云いながらドアをあけてくれた。

そのことばどおり、外の風は強かった。地上ではそれほどでなくても、上空の気流は速い。だからこそ、秋の雲は変化がいちじるしいのだ。木枯らしがポプラやケヤキなど、高木のこずえをことさらにゆさぶるのとおなじく、八階のテラスでも風の強さはひとしおだった。少年たちは、身をすくめながら、外をながめた。東京の中央部を東西に横ぎる段丘と、太古の川がけずりのこしたS山の一連のパノラマは、音和が期待したほど劇的な風景ではなかった。

というのも、大学とS山のあいだには育樹園や都立霊園の樹木がまぎらわしく林立し、またその距離があまりにも近かったために、それぞれの緑が連続してしまうのだ。手前にある木々とS山の区別がつきにくい。

それに、これはもっと重要なことだが、音和が見たかったのは、たんなるパノラマではなかった。彼はそのことを、たったいまはっきりと悟った。太古の古東京湾のあとに、堆積物の扇状地《せんじょうち》ができ、台地ができた。そこを川が浸食し、十数万年かけていくつかの段丘ができた。S山は、氾濫《はんらん》川のけずりのこしである。音和が求めていたのは、崖地と山の表面的な対比ではなく、段丘がきざまれるまでの、とほうもない年月の痕跡だったのだ。

不可能な風景を見ようとしていたのだから、満足が得られるはずもない。いっぽう、ほかの部員は、吹きぬけの建物のめずらしさに満足していたし、飛行場の滑走路が見えるのでよろこんでいた。

帰りがけに、学生たちがエスニック料理の屋台をだしている広場をのぞいた。山田が、どうしても一品だけ食べたいと云うので、音和と一年生ふたりはロシア料理の屋台でりんごいりのピロシキを選んだ。山田だけは、どこかの国の、翻訳すれば「うなぎパイ」ということになるらしい、でもどう見ても錦糸卵のできそこないといったものを買った。

日暮れまえに二羽目の鳩を放さなければいけない。音和は部員たちをせかし、さきほど休憩した公園内の広場へたどりついた。こんどの通信は、副部長の山田が書く。

コマメはキャリーバッグから出され、ふたたび音和の肩に乗っていた。二羽目の鳩が通信訓練に翔びたつ姿を見物させるつもりだった。一羽目のとき、コマメの興味は遠い空よりも近くの草の葉のほうに向いていた。だが今は準備中の仲間のようすを気にしている。

生まれ月こそちがうが、おなじ季節に生まれた仲間が手本を示せば、上昇するコツをつかむかもしれない。音和たちに、そんな期待があった。

通信文をつけた鳩が放たれ、たちまち上昇する。一羽目の鳩とおなじく二分ほど上空を旋回したのち、S山の方向へ翔びさった。コマメはそれを目で追っているが、動きだす気配はない。きょうの、おさらいは終わった、とばかりに澄《す》ました顔をしている。エラそうな顔でもある。藤倉しのぶがいつか云っていたように、鳥もあんがい表情が豊かだ、ということを音和もなっとくした。

日が暮れかけてきたので、音和は部員たちと帰りをいそいだ。川の流れをさかのぼる。すなわち西へ向かってゆく。そのあたりの野川は、昔の姿をのこして、ゆったりと蛇行《だこう》する。川の流れは幅二メートルもないほどだが、土手から土手まで、学校のあたりよりひろびろとしていた。それでも、小さな川にはちがいない。

西に向かってひらけた川べりの道では、傾《かたむ》いた太陽がまともに照りつけた。ゆれうごく水の上を跳ねる光はまぶしく、目がくらむようだった。そんなときは遠くの緑を見つめて目を休める。それでも少年たちの目のまえには紫がかった斑《まだら》の残像がいつまでもちらついた。

川の対岸の百メートルほど奥まったところに崖がある。斜面のなかほどは日あたりもよく湿気もほどほどだから、そのあたりだけ住宅が建てこんでいる。それでも、崖や谷のかたちを意識できないほど住宅やマンションでおおわれた山の手の町にくらべれば、緑地はたっぷりとあった。

イチョウの葉が、うっすらと黄色くなりはじめたばかりで、紅葉《もみじ》はまだ遠くから確認できるほどには色づいていない。緑の暗がりのなかに灯がともり、それが崖の上まで点々とつらなるので、そこに坂道があるのだとわかった。

しだいに、野川と崖地との距離が近づく。そのあいだには住宅が建てこみ、崖の姿も、家々のあいだからかろうじて見えるものでしかなくなる。空はまだあかるいが、太陽はひくい雲のなかにかくれた。川床はすっかり暗くなり、水涸《みずが》れした川の洲では、白い毛をひろげたオギが穂をゆらし、夕映えのなかで目立っている。そこから、粉のように舞いあがるのが、種子なのか羽虫なのか見分けがつかない。ただ、残照をあびて、ときおり黄金色にかがやくのだった。

日は沈みきっていなかったが、学校の門扉《もんぴ》にも切り通しにもあかりがともっていた。二羽の若鳩は、音和たちよりだいぶ早く鳩小屋にもどっていた。記録係の報告によれば、どちらも七、八分での帰還だったので、放鳩したさいに二分ほど旋回したのを差しひけば、五分ほどで帰りついたのだ。道中ではほとんど迷わなかったと思われる。まずまずの分速を記録した。

音和は鳩舎のまえで部員たちと反省会をひらいたのち解散し、学習室にいる河井のところへ報告をしにいった。音和と山田が書いた通信はすでに河井の手にわたっていた。

「ごくろうさん。それじゃ、通信文の検証をしてみようか。」

「ぼくだけですか？」

山田はその場にいない。河井は笑いながら、彼が書いた通信紙をひろげてみせた。

そこには、フィールドアスレチックのタワーからダイブする自分たちの姿とコマメのスケッチが描いてあった。小型飛行機や大学の建物のほか、うなぎパイも忘れずに描いてある。実は山田は絵のうまい生徒なのだった。だが、描いた絵の図解をカタカナや英語で気分まかせに示してあるだけで、記事らしい文章は何もなかった。

「うまいですね。」

「綴《つづ》りはまちがっているけどな。」

河井は、音和にすわるよううながして、彼が書いた通信をひろげた。

「これは悪い文章じゃない。井上が伝えたかったのは、河原の茂みに、思いがけず小鳥がたくさん身をひそめていたことなのだとわかる。はじめはすべてスズメかと思ったが、翔びたつときに黄色の羽根がのぞいたのを目にして、うたがいを持った。だから、固有名詞を知る必要性を感じたことを書き足した。時間軸にそった、わかりやすい文章だな。しかも、祖父の助言を回想するというかたちで過去のエピソードもふくまれている。この文字数にしては、かなりの情報量だ。上出来だよ。」

作文でほめられることに慣れていなかった音和は、困惑した。河井の今のことばを、そのまま受けとめるのは危険だとも思った。だが、裏の意味は読みとれない。そんな音和の心のうちを見すかしたように、河井が笑った。

「なにを身がまえてるんだよ。ほめているんだから、すなおによろこべ。」

「よろこんでいますけど、」

「……けど、なんだ？　なにか不満があるんだな。」

「不満じゃなくて、不安です。いつもこんなふうに文章を書いてきました。観察しろ、と云った祖父のことばを正しいと信じていたから。でも、今まで一度も、ほめられたことなんてない。河井先生がほめてくれるのは、先生自身が変わり者だからじゃないかと、うたがっているんです。」

「それも一理ある。私が変わり者なのはみとめるよ。だが、井上の以前の国語教師もトンチキなんだよ。そう云っただろう？」

「でも、受験指導では生徒たちに信頼されていました。」

「試験で高得点をとるコツを教えてくれるから？」

「そうです。長文のエキスパートとよばれていました。要約して百字以内で書け、というような問題の。」

「はっきり云ってしまえば、私の評価は受験とは関係ない。それに、今は国語の授業時間でもない。分けて考えろ。井上ならできるだろう？　試験の長文問題に強くなりたいなら、傾向と対策しかない。月並みな云いかただけど、数をこなすことだよ。たとえば、書道なら手本のとおりにかたちを似せて書く。絵ならば模写をする。音楽なら、楽譜のとおりに音をだす。それはつまり、よけいなことを考えるな、という意味でもある。だけど、実はどの分野も、芸をきわめようとする者は、どう書くか、どう描くか、どう弾くか、において苦悩する。文章もおなじ。それはつまり、個人の資質を問われるということさ。この話をすると、だれもが書家や画家や音楽家になるわけではないから関係ない、と反論する者がいる。あるいは、それが受験にどう役立つのかときく。生徒ではなく、おもに親だ。そういうおとなのせいで、学校はどんどんつまらないところになる。」

「つまり、先生の評価も指導も受験の役には立たないんですね。」

「まあな。ただし、人生の手がかりにはなると思う。受験指導より、ほんとうはそのほうが重要なんだ。きみたちの年代はからだが劇的に変化する時期で、入学から卒業までのあいだに二十センチ以上も身長が伸びる生徒がざらにいる。この時期には食物をそしゃくしたり、消化吸収する機能が高まって、体内のさまざまな組織を強化することも可能になるんだ。よく噛《か》んで食べろというのは、たんに胃袋の問題ではない。鍛《きた》えるには、どうしたって負荷が必要なんだ。それと同じく心の栄養も、のみこむだけではダメだ。心のあちこちに、コツンと当たらないといけない。この場合、心というより脳と云うほうが正確なんだが、話がややこしくなるので抽象的に語ろう。さて、それでは心にコツンとひびく栄養とはなにかってことだよ。……どんなものがありうるか。」

「一般的に？」

「つまり、心の栄養ということばに、井上としては異論があるんだな。」

音和が示した遠回しな否定を、河井は聞きのがさなかった。

「河井先生のことばだから受けいれたいんですけど、その比喩には抵抗があります。これまでも、さんざん聞かされました。心を育てるだの、強くするだの、豊かにするだのと云われても、イメージとして示されるだけだから、実際にどうすればよいのかさっぱりわからない。理想だけ語って、そこへ近づく方法は各自で考えろだなんて無責任すぎる。」

「鋼鉄《こうてつ》の箱だと思って力いっぱい持ちあげたら、ただの紙の箱で、勢いあまってしりもちをついた、というところかな。」

「心を育てる授業には、いつもうんざりしていました。副読本には、こんなふうに書いてあります。空の色や雲のようす、光の変化、そのほか草や木や虫などを自分の目で見て、手でさわって、耳とからだで聴いて、実感することが大切だと。でも、具体的な方法は何も示してくれない。そういう不満を口にすると、こんどは体験しよう、ということになる。……小学校のときから、飽きるほど体験学習をさせられました。見てみよう、聴いてみよう、触ってみよう、感じたことを表現してみよう、というわけです。美術館や音楽会にでかけてゆく。田植えをし、稲が育ったら収穫する。あるいは牧場で乳しぼりをして、そのあとでヨーグルトづくりをする。おたまじゃくしを育ててカエルになるところも観察しました。ぼくたちはおとなが思うほどバカじゃないから、絵や音楽を鑑賞し、田植えや乳しぼりを体験したのちに、どんな感想を書けばいいのか知っている。何を書いてはいけないのかも知っている。……でも先生、ぼくは川の向こうの湿地の一面がホタルの光であふれている光景なんて知らなかった。まぶしくて目がさめてしまうほどのホタルが飛びかう夜があったなんて、思いもしなかった。田植えでも乳しぼりでも、ほんの一日の体験なんかじゃだめなんだ。そんなことより、五十年も六十年も田植えをしてきた人の話を聞いたほうがいい。その人が知っている土の匂いや手ざわりを教えてもらうほうがいい。牛の目の色や馬の耳のことを、ちゃんと語れる人の話を聞きたい。……かなうものなら。」

「私も中学生のときに、あのホタルの話を聞いてそう思ったんだ。だから、生徒にもそれを知ってもらいたい。自分の意識のなかに、もののかたちをとどめ、くりかえし、その意識をひきだして再現することの価値に気づいてほしい。」

「……約束、」

「え？」

「先生は、ぼくが望んだときに、あのホタルの話のようなのを聞かせてくださるとおっしゃった。いまここで、お願いしてもいいですか？」

「みんなといっしょでいいのか？」

書道部や華道部や手芸部の部員たちが、教師と音和の話の行方に耳をそばだてていた。

「どうぞ。ひとりで聞くのはもったいない。」

まわりにいる生徒たちが、大きくうなずいた。はしゃぎ声をあげなかったのは、彼らもまた河井の話を貴《とうと》いと思っているからだ。たんなる時間つぶしのために聞こうとしているのではなかった。

「だったら、そのつもりで話すよ。井上は好きなところへすわれ。みんなは、手を動かしながらでいい。ハサミや刃物からは目を離すな。手もとがおろそかになるようだったら、中断して道具をしまえ。きょうは鳩のことをすこし話そうと思うんだ。新聞部の観察によれば、通信のために放った鳩は、いつも同じルートで学校の鳩舎へもどってくる。S山の方角からだ。きみたちも知っているとおり、S山と学校のある台地は、地質時代にはひとつづきの台地だった。S山のところまで台地が張りだしていたということだ。それが十二、三万年ほど前から一万年前ぐらいにかけて、つまりこのまえの氷河期の後期からその終わりにかけて、川の氾濫《はんらん》によって台地の縁《へり》がえぐりとられ、S山がとりのこされた。川はさらに南へ移動し、あらたな段丘をつくった。この学校は段丘の斜面にあるが、坂の上の台地と坂下の低地では地質時代的には三万年以上の差があるんだよ。そのうえにローム層が厚く堆積しているから、表面上はおなじように見えるけれども、段丘のできた時代が古いほど、ローム層も厚くなる。そのぶん、太陽の光や磁気の反射も異なるだろう。数百キロ離れたところからでも巣へもどることができる鳩たちは、それを感知できるのではないかと、私は推測しているんだ。住所や番地はむろんだが、ビルにしても家にしても、人間が場所を特定するのに必要なランドマークは、鳩にとっては不要なのかもしれない。それらをとりさった、本来の地表を見ているのかもしれないんだ。では、いったい鳩が見ている本来の地表とはどんなものだろう。手はじめに、この地域の代表的な川である多摩川のことをおさらいしてみようか。水源は、山梨県の笠取山《かさとりやま》にあって、そこから急激に山地をくだって東京を横断し、東京湾へ流れこんでいる。東京では主要な川のひとつだが、ほかの地域の大河川、たとえば木曾川《きそがわ》とか天竜川《てんりゅうがわ》とか、そういう川にくらべると規模が小さい。なぜか。二万年ほど時代をさかのぼってみようか。氷河期だ。そのころの東京湾は大きな谷で、その谷底を大きな川が流れていた。それを古東京川《ことうきょうがわ》と呼んでいる。多摩川はそこへそそぐ支流だったんだ。古東京川の流れる谷は、今の浦賀水道《うらがすいどう》のあたりでいったんせきとめられ、さらに深い谷へと落ちこんでいた。それを東京海底谷《かいていこく》とよぶ。現在の東京湾の入り口にある三浦半島と房総《ぼうそう》半島はもともとひとつづきであったと考えられている。断面の地層がおなじようにならんでいるからだよ。そこを断ち切った流れは、より深い谷へ沈みこんでいったんだ。東京湾は全体に浅い海だが、この浦賀水道のさきは深い深い谷になっている。かつての川や、山を削りとった砂礫《されき》は、みんなこの谷へ向かって流れていただろう。ところでこの谷をつくった断裂の方向は、あるものがならんでいる方向とおなじなんだ。そのあるものとは、もちろん伊豆《いず》諸島のことだ。とうぜん伊豆半島もその延長にある。ここでちょっと想像力をはたらかせてみろ。それぞれの島には今も活動的な火山があるが、二百万年ほど前に地殻《ちかく》変動のはげしい時代があって、そのときは列島じゅうで火山活動が起こっていた。今の丹沢《たんざわ》山地も伊豆諸島につらなる海底火山のひとつが、列島に衝突して呑《の》みこまれたものと考えられている。海の底にあった火山が隆起して、大陸プレートごと動き、その先頭にあって本州にぶつかったのが丹沢山地であると云われているんだ。周辺とは地質年代があきらかにちがう。こんなものに衝突されたら、ちょっとした衝撃ではすまない。だから、亀裂《きれつ》がはいる。いまの東京湾の入り口はその亀裂によってできたんだ。氷河期の終わりごろの東京湾の入り口はいまの九十九里《くじゆうくり》海岸のほうにひらけていたそうだ。私は地質学の専門家ではないから、仮説もイメージもまじえて話している。だから、理論的に正しいとは思わないでほしい。ここで、きみたちにつかんでほしいのは、意識のなかでの風景のつくりかたなんだ。ことばから連想できるものだけで、思い描くことが大事なんだよ。だから、きょうは地図も表も見せなかった。そういうものを見せると、きみたちを甘やかすことになる。部活動は、鍛練《たんれん》の場だと思うからね。手足を動かすばかりが能じゃない。さあ、きょうはこれでおしまいだ。道具をかたづけて下校しろ。戸じまりは私がするからいい。寄り道しないで帰るんだぞ。」

13　鳩のように

十一月のある日、生徒たちは総出で校内や学校のまわりのそうじをした。学校の坂道にふりつもった落ち葉を袋に搔きあつめて、業者にひきとってもらうのだ。以前は敷地のすみで堆肥《たいひ》をつくり、落ち葉たきをすればよかったが、今や近隣の住宅や環境への配慮から、落ち葉も廃棄《はいき》するものとなっている。

枯葉や折れた小枝といっしょに、コナラやクヌギが子孫をふやすもくろみで雨とふらせたドングリも回収されてしまうのだが、それでも地面に取りのこされるものがある。なぜなら、それらはドングリのかたちはしているけれども、もうしっかり根をのばして、地面に固定されているからだった。

校内そうじをすませた生徒たちは、割りあての場所で担任のもとへ集まり、点呼をとって解散となった。短い晩秋の日が暮れてゆく。鳩舎をのぞいたあとで玄関へむかっていた音和は、学習室のならびにある音楽室から聞こえてくる電子オルガンの音に耳をすませた。とくべつ巧いわけではなかったが、音和にとっては母の十八番《おはこ》として認識している軽音楽であったので、耳になじみがあった。だれが弾いているのかを知ろうとして、テラスづたいに音楽室にちかづいた。弾いているのは藤倉しのぶだった。

窓ごしにのぞいている音和にたいして、はいってくれば、という表情でうながした。当番日誌と音楽室の鍵が教卓のうえにおいてあり、彼女のクラスの割りあてがこの教室とテラスであったことがわかる。吉岡もおなじクラスだ。

「これってね、うちの母がよく弾く曲なんだ。子どものころ、電子オルガンで習って、これをおぼえた直後にやめたんだって。だからこれがいちばんまともな曲で、これしか弾けないの。わたしもこれだけ。」

弾きながら、藤倉はそんなことを云う。フランス語で「オ・シャンゼリゼ」というバックコーラスのはいる、浮かれた曲だ。そのわりに、藤倉はまじめくさった顔で弾いている。

「吉岡をさがしにきたんでしょ?」

「そういうわけでもないですけど、」

「きょうは、お墓参りで学校を休んでるんだ。」

「お彼岸《ひがん》でもないのに？」

藤倉はピアノを弾きながらうなずいた。やがて、「オ・シャンゼリゼ」のコーラスの部分だけ口ずさんだ。「おお、シャンゼリゼ」と唄《うた》っている。雑学の知識のある音和はそれがまちがいだと知っていたため、指摘しようと口をはさみかけた。だが、藤倉のほうで唄うのもピアノを弾くのもやめてしゃべりはじめた。

「このあいだ吉岡をさそってとなりのF市のプラネタリウムへいってきたんだ。だんだん暗くなって星の数がふえてくると、きれいというより、たくさんありすぎて、どこを見ていいのかわからなかった。おまけに自分のからだも見えないの。ひとつも見えないんだよ。そうするとね、自分のからだの範囲というのか、大きさまでわからなくなる。自分のからだの向きもわからないの。どこにいるのか確認したくなって、いすの背もたれから起きあがったんだ。そうしたら、なおさらどこを向いているのか見当もつかない。もう一度いすにもたれかかろうとして、吉岡にぶつかった。」

「つまり、のろけてるんですか？」

「……あの吉岡が泣いてるんだよ。空いっぱいの星を見ていたら、泣けてきたんだって。もし、あの晩に兄が見あげた空にもこんなにごちゃごちゃした星が見えていたら、死のうなんて思わなかっただろうって。雑然とした風景は、人にばかばかしさを感じさせてくれるはずだからって。」

「お兄さん?」

「四年とすこし前に亡くなったんだ。井上に墓標を見せたことがあるって云ってたよ。だから、わかるでしょ? きょうはほんとうならお兄さんの二十歳の誕生日だったんだ。だから、家族で、お墓参りをしてる。」

藤倉はまた「オ・シャンゼリゼ」を弾いている。故人の話をするのに、その浮かれた曲がどう関係あるのか、音和にはわからない。藤倉のことなので、べつに深い意味はなく思いつきで弾いているだけかもしれない。亡くなった人を回想するのに、しんみりした曲でなくてはいけないという法もない。

音和は立ち去りかけて、足をとめた。

「……ずっと云いそびれてたんですけど、しのぶ先輩の自転車がパンクしたとき、駅前にいたチラシ配りの男っていうのは、ぼくの父なんです。ケガの手当をありがとうございました。」

「知ってる。このあいだ、吉岡とフォトスタジオにいったときに、わかったんだ。」

「記念写真でも撮りにいったんですか?」

「ちがうよ。相談しにいったの。吉岡のお兄さんの十五歳のときの写真があるんだけど、その写真をもとに二十歳の顔を合成できるものかどうか。モンタージュ写真みたいなかんじで。自転車がパンクしたときに、名刺をもらったんだ。そのときは井上のおとうさんだとは思わなかった。それほど、めずらしい名字じゃないでしょ。肩書に映像技術者と書いてあったから、きっとCGに詳《くわ》しいにちがいないって、吉岡が。整形手術の術後のイメージ画像のようなのを想像していたんだと思うんだ。」

「父は合成できると云いましたか?」

「可能だけど、そんな画像はつくらないほうがいいと云われたの。そう考えるからには、もうとっくにきみのなかにイメージがあるはずで、それと比べてみたいだけなんじゃないかって。……吉岡はうなずいてた。」

線路のコンクリート柱もとりのぞかれ、今はもう吉岡の意識のなかにだけある墓標となっている。

音和は音楽室にあったピアノを弾いた。藤倉が好き勝手にリクエストするのにあわせ、名曲でもドラマの主題歌でも、おぼえているかぎりなんでも弾いた。久しぶりに指を動かしてみたくなったのだ。

学校を出るときには、もう切り通しの道には暗いかげができていた。そうじを終えた生徒のほとんどは帰宅して、校舎は静まっている。線路を走る電車の音がひびいた。まもなく、上り線の架橋も完成する。

翌朝、いつもどおり父の出勤にあわせて早めに家をでた音和は、途中で吉岡に待ちぶせされた。

「おはようございます。」

「おはよう。ちょっといいかな。」

ふたりは川べりの道を歩いた。空は晴れわたって、対岸の家の屋根ごしに、崖地の緑が見え、なかでも校庭に植えられたポプラのこずえはひときわ高く伸びあがっている。青空につきささるようにとがったあたりが、黄色く染まりはじめた。

「……兄は高校に入学した三日目に電車に轢《ひ》かれたんだ。おれは小学校の五年になったばかりで、いったいなにが起こったのか理解できなかった。」

吉岡は、いきなりそんな話をはじめた。おどろいて、目をみはる音和に、黙って聞いてくれ、というように目配《めくば》せをした。

「あの日から、兄がいなくなった。それまでは、目の前にいる人を追いかけていれば、なにをするにも迷わずにすんだ。おれはバカな弟で、レストランへはいっても遊園地のアトラクションでも、あれこれ目移りして自分ではさっぱり選べなかった。考えるのもめんどうだった。だから、いつでも兄とおなじものにした。服でもなんでもそうだった。五つも歳が離れていたから、兄の選ぶものはなんでもセンスがいいと思ったし、正しいと信じていた。兄のまねをしていればまちがいはない。なんて楽な人生だと思った。それがとつぜん、森のなかへ置きざりにされたんだ。はじめて、兄のことを恨んだよ。悲しむよりなにより、どうしてなんだ、と抗議した。今もおなじ気持ちだ。」

「お兄さんは、なにを悩んでいたんですか？」

「たぶん、受験に失敗したことだろうと思う。遺書はあの、サヨウナラ、だけだから、推測するしかないんだ。不本意な高校に入学したことを、兄は気に病《や》んでいた。通学とちゅうで、自分が進学するつもりだった学校の生徒にあうのが耐えられなかったんだろう。無理な受験だったわけじゃない。試験のあとの自己採点でも合格は確実だった。本人もそう思っていた。でも、結果は不合格だった。どこかで設問にたいする回答の欄がひとつずつズレていたのさ。どれかを後まわしにするつもりで空欄にしておいたのを忘れたんだ。その失敗から、兄は立ち直れなかった。卒業式も休んだ。おれには理解できない。学校をそこまであてにしていないから。だいいち、兄が入学した高校だって簡単なところじゃない。おれはそこを第一志望にしているんだ。」

「ほんとうに？」

「……なんだよ。」

「なんとなく、先輩は心のどこかで、お兄さんを越えてはいけないと思っているような気がしたんです。理解できないと云いながら、死を選んだお兄さんを否定もしない。赤の他人のぼくなら、悲しみの以前に、器の小さい人だったんだなという思いのほうが先にくる。先輩が墓標の話をきかせてくれたときに云っていたとおり、お兄さんは、いずれ撤去されてしまうような柱しか選べない人だったんです。でも先輩は自分で、もっと頑丈でしぶといのを選ぶと云った。……そういう人が、お兄さんに遠慮して志をまげることはない。」

そのことばにたいして、吉岡はふだんのように笑いとばさず、かすかな笑みにまぎらせて小さくためいきをついた。

ふたりは遊歩道の一画につくられた小さな休息所のベンチにこしかけた。朝のひだまりができている。そこは、川べりにもともとあった桜の古木をそのまのこし、憩《いこ》いの場につくりかえてある。

こずえにいる小鳥の影が、遊歩道の石だたみに映る枝さきでちらちらと動く。

「兄がいなくなるまえは、追いこそうなどと考えもしなかったし、その可能性を検討してもみなかった。兄の意見はいつも正しい。兄はまちがわない。兄は勝つ。ささいなことも、重要なことも、兄にしたがっていれば、なにもかもがうまくゆく。そう信じていた。どこへでかけても、兄の背なかごしに景色を見ていた。おれが自分の意志で前へでることなんて、なかったんだ。……兄がいなくなり、はじめて自分で考えたときに気づいた。おれはべつにリレーの選手になりたいわけじゃない。野球もサッカーもバスケットも好きだけど、部活でレギュラーにならなくてもいい。生徒の代表で朝礼台に立つ気もない。進学塾へも通いたくない。それはぜんぶ兄が望み、兄が実現していたことで、おれの願望じゃなかった。たんに兄のまねをしていただけだ。兄が死んだ年齢に近づくにつれて、その思いが強まった。……井上の云うとおり、ほんとうは兄がはいりたかったあの学校を受けるつもりだった。合格すれば、兄を追うのではなく、晴れて兄とはべつの人生を歩んでゆけると思った。はっとしたよ。そこには、敵意もひそんでいたから。いつも自分の前にいた兄をじゃまに思う気持ちが、どこかにあったんだ。そういう愚《おろ》かさを自覚できなかったなんて、どうしようもないバカだな。」

「そんな反省は先輩には似合いませんよ。墓前で合格の報告をして、恨まれて本望だ、ぐらいに云ってくればいいんです。」

「気楽に云うな。まだ受験してもいないんだ。」

「リラックスして愉快に過ごせ、と云ったのは先輩です。」

「その耳は、なんでできてるんだよ。録音装置つきか?」

「合格しますよ。」

吉岡は笑い、いこうか、とうながした。住宅地のなかの、舗装していない路地をぬけて、学校の坂へと向かった。前を歩く吉岡の背なかに、木もれびが映っている。音和にとって、その背なかは壁とは感じられない。一方的に自分だけが恩恵を受けている、濾過器《ろかき》のようなものだった。音和にはまだ、感謝のことばのほかに返すものがない。それすら、面とむかっては口にしたことがないのだ。

「……井上、」

急にふりかえって、吉岡がきまじめな顔をした。

「なんですか?」

「ちょっとまえに、泥のなかにババがまぎれてたぞ。ちゃんと避《よ》けたか?」

音和は、あらためて足もとを意識した。云われてみれば、どことなく重い。まだ、厚底のスニーカーをはきつづけていた。吉岡は、まじめぶるのをやめて笑いだした。

「こういう道では、足もとを見て歩くのが常識なんだよ。おぼえておけ。」

学校の坂道には、朝露をまとった草の葉が茂っていた。音和は滴《しずく》をすくいとって、前を歩く吉岡を追いこしざま首すじへ放りこんだ。すかさず、仕返しをされる。身長にまさる吉岡のほうが、楽々と音和の首すじに手がとどくのだ。背なかにはいりこんだ滴がいつまでも冷たい。音和にとって試練だった二学期が終わろうとしていた。

14　終業式

二学期最後の国語の授業のとき、河井は生徒たちにせがまれて、教科書を閉じて話をはじめた。

「誤解のないように云っておくが、私が話をするのは、きみたちに楽をさせようとするのでもないし、時間つぶしでもない。人の話に耳をかたむけるのは、実際の風景や音や匂いや手ざわりを知るのとひとしく、心を養うものだと私が信じているからだよ。それは、書物を読むことでも培《つちか》われる。たぶんきみたちは、ことあるごとに本を読めと云われて、いいかげんうんざりしているだろう。しかも、本を読むことがどうして重要なのかを、おとなはひとことでは答えてくれない。あいまいな話ばかりする。それどころか、当のおとなが、時間がないのを理由にたいして本を読んでいない。学校と日常で、いそがしい日々を送るきみたちは、おとなよりもいっそう切実に、効率よく役立つことだけを吸収したいと思っている。だから、本を読めばどんな得があって、このさきの人生にどう役立つのか、たしかな答えをほしがるんだ。そうだろう？　だったら、はっきり云っておくが、得はないよ。役立つかどうかも怪しい。だが、むだでもない。もう少し具体的な話をしようか。ある子どもが家のなかで古びたネジを拾った。両親にたずねてみたが、なんのネジなのかは、わからなかった。子どもは捨ててもかまわない気がしたものの、ひとまずとっておいた。それからしばらくたって、祖父の代からの古い家を建てかえることになり、子どもの父親が壁掛けの時計をはずした。そうしたら、その裏板をとめておくネジがひとつ欠けていて、ちゃんと固定できずに本体から浮きあがっていたんだ。それを見た子どもは、しまっておいたネジのことを思いだした。さっそくとりだして欠けたところへネジをはめこんだ。ぴったりと合い、裏板はちゃんと固定された。なんだそんなことか、と思うなら、それでもかまわない。だが、この話にはまだつづきがあるんだ。裏板がすきまなく固定されたとき、子どもは時計が耳なれない音をたてていることに気づいた。長らく空回りしていた歯車が、裏板を固定したことで正しくまわりはじめたからなんだ。それによって、仕掛けが作動した。午后三時になったとき、家じゅうのだれもがたんなる模様だと思っていた文字盤《もじばん》のなかの小さなとびらがひらいた。するとそこから、銀の小鳥が顔をだして唄いはじめた。私が云いたいのは、たがいに関係がなさそうに思えたものがつながることの幸福なんだよ。そこから、あらたな要素も生まれる。それが、難解な本を読んだり、年長者の話を聞いたり、日常生活には関係なさそうな数学を学んだりすることの意味だよ。」

河井はそんなふうに、いくらか長い前おきをしたあとで、すこし夜空の旅でもしてみようか、と云って話をはじめた。

「今ほど空があかるくない時代には、東京でも天《あま》の川《がわ》が見えたんだ。私の母は三鷹《みたか》の生まれで、国立天文台のそばに住んでいた。子どものころには、地上から立ちのぼるような白いもやが見えたと云うんだ。だが、それが銀河だとは思わなくて、銭湯の煙突の煙かと思ったらしい。知らないとはそういうことだよ。……さあ、ここはもう町ではない。夜はすっかり更《ふ》けている。湖がある。湖面は風もなくまったいらに張りつめて、漆《うるし》のような黒さをたたえている。漆の黒さがわからないのなら、墨の黒さでもかまわない。夜空には銀の川がながれている。銀の砂子《すなご》だ。梨の皮の表面に斑点があるだろう。あんなふうに点々と粒子がばらまかれた状態を梨子地《なしじ》と云うんだよ。蒔絵《まきえ》の手箱といっても、きみたちはわからんだろうが、昔の姫君が大事な文《ふみ》をしまっておくのを文箱《ふばこ》という。そういう箱のふたは、梨子地の蒔絵でできている、というわけさ。梨は銀でもあり黄金《きん》でもある。さてと、きみらが思い浮かべるべきは梨じゃない。梨子地だ。銀の砂をふりまいたような星空だ。その星ぼしのしたには、漆黒《しっこく》の湖面が鏡のようによこたわっている。湖面はひろく、どこまでもつづいている。だが、ようく目をこらしてごらん。湖面に点々とちらばる光が見えるだろう。夜空の星が映っているんだ。それが見えるのは、目が闇になれてきたからだ。境界はどこだ。夜空と湖はどこでつながっているんだ？　ほら、わからないだろう。夜空の星も湖面の星もひとつの川となって流れ、ひとしくかがやいている。ごらん、きみたちの足もとにも星が映っている。それは湖面なのか、それとも夜空なのか。」

　その日の放課後、音和はまたあらたに見つけた坂道にいた。一時間後には、新聞部の部員たちがバーガーショップにあつまることになっている。引退した三年生もふくめて忘年会をするのだ。そのまえに、音和はひとりで崖をのぼった。コマメを連れだしてきた。

彼があたらしく見つけた坂道は、これまで通ったどの坂よりも急で、立ちどまっているさいのアキレス腱《けん》に負荷がかかった。斜面にたつ家の屋根のあいだから、S山が見えた。

それをながめていたとき、コマメが急に翔びたった。地面へおりるのではなく、道ぞいの家の窓のひさしに翔びうつったのだ。はじめて、上へ向かって翔んだ。そこで胸をはっている。音和は拍手でねぎらった。

「えらいよ。翔べるじゃないか。もっと高いところへいってごらん。」

音和は屋根を指さした。コマメも上を向く。その家の葉を落としたサルスベリが白い木肌をくねらせて屋根に枝をのばしている。コマメはいったんひくい枝につかまり、つづいて屋根まで翔んだ。

「そこからなら、S山がよく見えるだろうね。散歩してきてもいいよ。学校の鳩舎へもどってこい。ほら、あのクヌギ林のなかだよ。」

屋根のひだまりで、コマメはぬくもっている。胸もとに紫色の輪が光る。かすかに風が吹いて、その紫の輪を波うたせた。ふわり、と輪が浮きあがる。するともう、コマメは上昇していた。凧《たこ》が風をとらえる瞬間に似て、垂直に高度をあげた。

野川の川面が反射して、光を躍らせる。コマメの目に映ったそのまぶしさを、音和も感じることができた。地蔵のある辻《つじ》のケヤキが、目の前にせまってくる。それを飛びこえようとして、コマメはさらに高度をあげた。つられて、音和の視線も上昇する。

いまや、ケヤキははるか下方にある。たっぷりと茂った葉は地上にちかい枝ではまだ緑の葉を茂らせていたのに、頂点にちかい枝の葉は橙色《だいだいいろ》にそまっている。ところどころ燃えたつ焔《ほのお》のような色さえあった。

コマメはそのまま野川の南側を、流れにそって翔んだ。遊歩道を歩いているときには崖地から百メートルほどのところを並行して川が流れているように思っていた。それは東に向かっていることになるのだが、上空からながめる川の流れは、いつのまにか南へ進路をとっていた。川べりの家々の影が、そのことを物語る。地上では気づかなかった。

やがて川はまた東へとまがる。だが、コマメは川と別れてまっすぐに翔んだ。その先にはS山があるのだ。東京G大学の建物からながめたときには霊園の緑とS山の境が見わけられなかったのだが、上空からは丸く盛りあがっているS山のかたちが、よくわかった。

時計まわりにS山の周囲をめぐった。学校のある崖地が正面に見えている。そこは思ったとおり、東西にのびるはっきりとした断崖だった。ひくいところは常緑樹の緑におおわれ、日あたりのよい中腹より上では、落葉樹が橙色にそまっている。風が吹くたびに、こずえはさわがしくゆらぎ、となりあった人が髪と髪をからませるように、枝さきがもつれあう。そのたびに、澄んだ青空を背にした葉が蝶《ちょう》の群か紙吹雪のように舞いあがり、こずえからこずえへと鳥のようにつらなって渡ってゆく。

クヌギの葉むらのなかに、ちょうど白い的のようなすき間ができている。校舎のテラスにさしこむ太陽の光が、そのすき間からもれて、遠くからでも特別に目立つのだ。コマメはそこを目ざして翔んでいる。

音和はふたたび地上にもどり、野川の流れにそって歩いた。白茶の衣をまとった蓬《ほう》髪《はつ》の人の群のような冬枯れたオギが、日をあびて、カラカラに燥《かわ》いている。浅い水辺に浮いているカルガモの姿がある。流れのままに、身をまかせている。光を反射する川面はわずかな波紋を浮かべ、やがて、カルガモを淀《よど》みにのこして流れさる。こんどは水に映る雲が川の道づれになった。

音和が見あげた空高く、コマメらしい鳩の姿がある。けんめいに、羽ばたく音が聞こえるようだった。澄んだ青空にまぎれて、ときおり見えなくなる。だが、それは音和の目がまぶしさに潤むせいだった。

学校の木立はもうすぐそこだ。

長野まゆみ（ながの・まゆみ）

東京都生まれ。一九八八年「少年アリス」で第二五回文藝賞を受賞し、デビュー。著書に『天体議会』『新世界（全5巻）』『若葉のころ』『カルトローレ』『お菓子手帖』『白いひつじ』他多数。

参考文献
『東京の自然史』（貝塚爽平著／紀伊国屋書店）
『東京湾シリーズ　東京湾の地形・地質と水』（貝塚爽平編／築地書館）

初出　『文藝』二〇一〇年夏号

野川

二〇一〇年　七　月三〇日　初版発行
二〇一一年　四　月三〇日　2刷発行

著者　長野まゆみ
装画　木内達朗
装幀　名久井直子
発行者　小野寺優
発行所　株式会社　河出書房新社
東京都渋谷区千駄ヶ谷二―三二―二
電話　〇三―三四〇四―一二〇一（営業）
〇三―三四〇四―八六一一（編集）
http://www.kawade.co.jp/
組版　KAWADE DTP WORKS
印刷　株式会社　亨有堂印刷所
製本　小高製本工業　株式会社

Printed in Japan
ISBN978-4-309-01995-6

長野まゆみの単行本

NAGANO★MAYUMI★WORLD

千年王子

行こうぜ、極楽へ……ワールド・ツアー校の新学期。教官のランキング最下位は、今年も彼。ぼくたちは彼をシンヤと呼び捨てにする。

超少年

ぼくは確かめたかった。王子が本当に幸福なのかを……行方不明になった王子と、彼を捜すピエロたちの愛の物語。『天体議会』以来のファンタジー！

新世界（全5巻）

兄さん、ぼくはいつから独りなんだろう……太陽《ソル》から二億三千万キロ離れた夏星《シアシン》。謎の物質ゼルをめぐる闘いのなか、“永い眠り人”はふたたび目醒めるか？

長野まゆみの単行本

NAGANO★MAYUMI★WORLD

三日月少年の秘密

八月末の真夜中、ぼくのもとへおかしな招待状が届いた。勝鬨橋のたもとから遊覧船に乗り込んだぼくが、見た光景は⁉　帝都の夜を照らす発火式ファンタジイ

コドモノクニ

「これから三十一年たつと二十一世紀になるんだって」チロリアンテープ、四つ葉のクローバー、万博、新幹線……“未来”があった時代の子供が甦る連作小説。

猫道楽

猫シッター求む——猫飼亭……学生課の掲示板で見つけたアルバイトの面接に出かけた一朗。すぐに採用と言われたはいいのだが、不思議なオーダーを受ける。

長野まゆみの単行本

NAGANO★MAYUMI★WORLD

お菓子手帖

金平糖、動物ヨーチ、クリーム玉、地球モナカ……時代を彩る駄菓子から、エキゾチックな洋菓子、伝統の和菓子まで、お菓子でできた甘く懐かしい物語。

時の旅人

日付変更線を超えて、ぼくたちは出会う……ぼくの名前は千東真帆。明治43年生まれの13歳。長野まゆみが贈る時空活劇浪漫！

改造版 少年アリス

あの名作が、ラストを含め全篇改造されて生まれ変わった！　夜の学校でのアリスと蜜蜂、犬の耳丸の冒険が、著者自筆イラスト入りで甦る。